さくら坂

千葉朋代

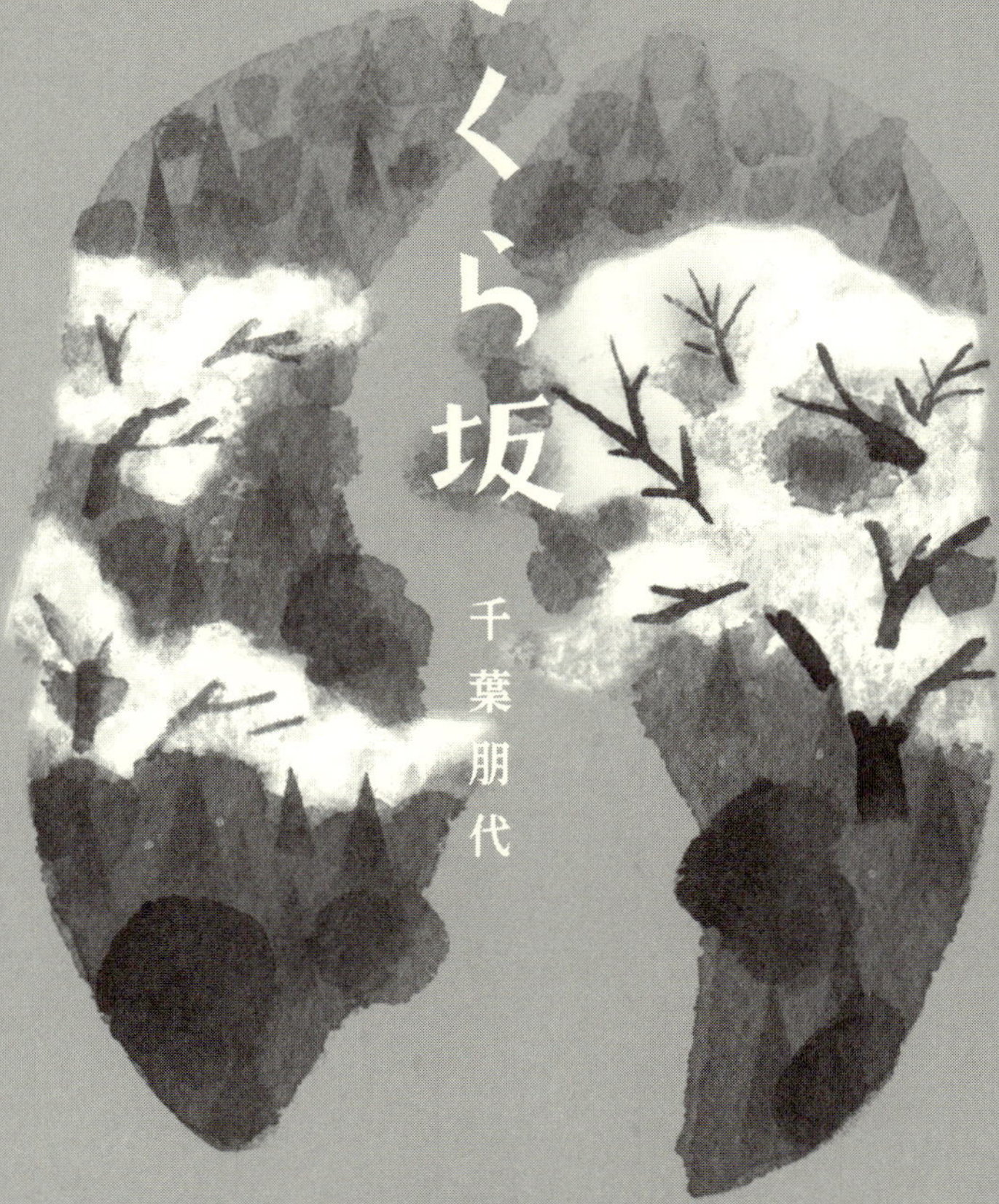

小峰書店

さくら坂

装画
平澤朋子

装幀
城所 潤
JUN KIDOKORO DESIGN

1

高校生が詰《つ》めこまれたバスを降りて、両手を伸《の》ばす。

「生きかえるー」

私はこの瞬間《しゅんかん》が好きだ。

バス停には「日向丘《ひゅうがおか》高校前」の表示がある。

けれど、ここから学校までは、まだ長いのぼり坂が残ってる。

普段《ふだん》、学生しか通らないこの坂道は、五月になれば期間限定で、いろんな人が訪《おとず》れる。

北海道には珍《めずら》しいソメイヨシノが道の両側から枝を伸ばしていて、いっせいに花を咲《さ》かせるのだ。

「今年は少し遅《おそ》くなるかも……」

春先に降った大雪のせいだろう。四月も残りわずかなのに、つぼみがまだ小さい。

気象庁の開花宣言より早く、一番桜をみつけたい。

桜の枝を見上げて歩いていたら、

「おいお前、スカート短いぞ」

と、突然《とつぜん》呼び止められた。

朝の気持ちよさが台無し。高校の先生って、挨拶《あいさつ》もできないんだろうか。

「先生、おはようございます」

校門前で、女子の足ばかり見ているのは教師じゃなかったら変態だよ。

「あ、ああ。上原か」

生活指導の坂田は視線をあげて、ひきつった笑いを浮《う》かべた。

「先生、私の膝《ひざ》見えてますか？」

「あ、いや、大丈夫《だいじょうぶ》だな。いっていいぞ」

当然だよ。こっちは家を出る前に、念入りに調整してきているんだから。

「では、失礼します」

大げさに頭を下げて校門を通る。

スカート丈《たけ》はぴったり膝下《ひざした》だ。それなのに、高確率で坂田につかまる。たしかに坂田の膝の位置を基準にすれば、私のスカートは膝上二十センチに見えるかもしれない。

いいかげん坂田は、自分の足の短さを自覚するべきだと思う。

「おはよう美結《みゆ》。さっきの坂田の顔、傑作《けっさく》だったよ」

駆《か》け寄ってきた佐々木佳奈《かな》に肩《かた》を叩《たた》かれた。

「ほんと、懲《こ》りないよね」

「言ってやればいいのよ。スカートが短いんじゃなくて、私の足が長いんですって」

「それって、坂田への嫌《いや》みじゃん」

「あーあ、私が美結ぐらいのスタイルだったら、絶対言ってやるのに。短足坂田に恥《はじ》かかせてやりたい」

「佳奈、それは言いすぎ」

「いいの、いいの。どうせ聞こえやしないって」

そういう佳奈の声はかなり大きめで、近くの生徒がこっちを見ながら歩いていく。

佳奈はまったく気にしない。それどころか、スクールバッグのファスナーを大きく開けて、雑誌を取り出した。

「ねえねえ」

こんどはずいぶん小さな声だ。

「ゴールデンウィークにキャンプにいかない？　美結《みゆ》も一緒《いっしょ》だって言えば、親も許可してくれると思うんだよね」

雑誌のタイトルは、『北海道キャンプ場ガイド』。

佳奈《かな》が、近場のキャンプ場のページを開いて見せた。

「彼氏《かれし》？」

「うん、むこうも友だち連れてくるって。けっこうイケメンらしいよ」

佳奈の彼氏は大学生だ。二人でドライブした、なんて話を聞かされると、ちょっとうらやましい。

「イケメンかぁ……残念。ゴールデンウィークは部活なんだ」

「美結、放送部でしょ。休み中に何すんの？」

「実は私、放送コンテストに出ることになったの」

「選ばれたの？」

「うん、アナウンス部門で」

「すごいじゃん」

「今、原稿《げんこう》書いてるところ。わざと話しにくい単語入れて、滑舌《かつぜつ》のよさを見せる的な」

「なかなかやるね」

「このくらいはね。なんたって大学の推薦《すいせん》が、かかっているんだもん」

「二年になったばっかなのに、もう進学の話。ああ、聞きたくなーい」

佳奈《かな》が両手で耳をふさぐ。

「ごめん。だからキャンプは他の人誘《さそ》って」

佳奈に向って手を合わせた。

イケメンは捨てがたいけど、今はこっちの方が優先だ。

まずは六月の地区大会で上位入賞して、全国大会の切符《きっぷ》を手に入れる。そうしたら、夢に一歩近づくことができる。

中学の時、担任に「女子アナになりたい」と言ったら、「第一条件は美貌《びぼう》」とセクハラまがいのひとこと。

でもその後で、日向丘《ひゅうがおか》高校のパンフレットを持ってきてくれた。

「ここは、放送部の機材もいいし、コンテストにも力を入れている。担当の兼子誠一《かねこせいいち》先生の指導力は、かなりのものらしいぞ」と。

今、その兼子先生のもと、コンテストの準備に全力を注いでいる。先生のモットーは「普段《ふだん》の会話から正しい日本語」だ。佳奈《かな》とのおしゃべりを聞かれたら、長々と説教されてしまう。

校舎に入る前に大きく深呼吸をする。これが私のスイッチだ。


「上原君。連休中のコンテストの練習は、予定通りでいいですか」

昼の放送が終わってすぐ、兼子先生に声をかけられた。

「はい。大丈夫《だいじょうぶ》です」

「原稿《げんこう》の準備は、進んでいますか」

「あと一歩で完成します。内容は決まりましたが、まだ言葉の選択《せんたく》で迷っていて」

「ありきたりの単語は使わないこと。妥協《だきょう》しないで自分の言葉を探しなさい」

「分かりました。よろしくお願いします」

休日の部活は時間がたっぷりとれるので、ありがたい。

ただ、問題は通学手段だ。祝日はバスの本数が極端《きょくたん》に減る。ちょうどいい時間のバスがないので、休み中は自転車で通うことに決めた。

ちょっと距離《きょり》はあるけれど、ダイエットになるかもしれない。

通学バスの窓から見える、かわいいケーキ屋さんが浮《う》かんだ。

「一キロ痩《や》せたら、苺《いちご》タルトを食べる」

頑張《がんば》る自分への、ご褒美《ほうび》にしよう。


連休初日は、朝から快晴になった。春の日差しが睡眠《すいみん》不足の目にまぶしい。

「ふあぁぁ」

大きくあくびをしてから、昨晩書きあげた原稿《げんこう》をリュックに入れた。何度か読んでみたけど、どうしても規定時間をオーバーしてしまう。読むスピードを上げるか、文章を削《けず》るか、兼子《かねこ》先生に相談しよう。

「お母さん、おはよう」

「あら、休みなのに珍《めずら》しく早起きね」

「え、連休中も放送部の活動で登校するって言ったよね」

「ああ、そうだった。朝ごはん簡単でいいかな」

「うん、トースト焼いてくれればいいよ」

「お昼どうする？　お弁当作ろうか」

「時間ないし、コンビニで何か買うよ。お昼代ちょうだい」

母から五百円玉を受け取った。お昼は安くあげて、残りを苺《いちご》タルト貯金にしよう。

洗面所でポニーテールを整えて戻《もど》ると、テーブルの上にはトーストと野菜サラダとハムエッグが用意されていた。

「朝ごはんだけでも、しっかり食べなきゃね」

母が牛乳をそそぐ。

どうやら、全部お見通しだ。

「いただきます」の五分後に、「ごちそうさまでした」。

最後に牛乳を一気に飲んで、リュックを背負う。

「じゃあ、いってきます」

玄関《げんかん》を出て、シティーサイクルのスタンドを蹴《け》りあげる。

「えーっ、うそぉ」

思わず声が出た。タイヤの空気が抜《ぬ》けている。しかも両方だ。

「パンク？　嫌《いや》だもう」

空気を入れている時間はない。

「お母さんの自転車、借りるから」

玄関に向って大きな声で言って、返事がくる前に、横にあるママチャリで走りだす。

「お母さんのチャリ重っ」

ペダルを踏《ふ》んで、ちょっと後悔《こうかい》した。オリーブ色のママチャリに、ギアの切り替《か》えはない。

「色だけで選ぶからだよー」

文句を言いながら立ちこぎをする。緩《ゆる》やかにのぼる河川敷《かせんじき》の道はまだいい。高校前のバス停から先には、通称《つうしょう》『チャリ通殺しの坂』が待っている。

家から、四十分ぐらいこぎ続けて、「日向丘《ひゅうがおか》高校前」バス停まできた。この十字路を右に入ってすこしいくと、のぼり坂が始まる。

「なんで丘《おか》の上なんかに、高校を建てるかな！」

久しぶりの自転車のせいで、右膝《みぎひざ》がすこしだけ痛んだ。

よーし、一度も足をつかずにこの坂をのぼりきれたら、今日いいことがある。そう決めてママチャリのペダルに力をこめた。

二回、足をつきそうになったけど、こらえてのぼりきった。

「なんか達成感！」

額の汗《あせ》をぬぐって、自転車を止める。グラウンドでは、サッカー部が練習している。

ゴールポストの方に、チラッと目をやってから、スマホを取り出した。

画面には、8：35の表示。

「やばっ、天野《あまの》部長もうきてる」

ご愛読ありがとうございます。
あなたのご意見をお聞かせください。

この本のなまえ

この本を読んで、感じたことを教えてください。

この感想を広告等、書籍のPRに使わせていただいてもよろしいですか?

（実名で可・匿名で可・不可）

この本を何でお知りになりましたか。

1. 書店　2. インターネット　3. 書評　4. 広告　5. 図書館
6. その他（　　　　　　　　　　）

何にひかれてこの本をお求めになりましたか？（いくつでも）

1. テーマ　2. タイトル　3. 装丁　4. 著者　5. 帯　6. 内容
7. 絵　8. 新聞などの情報　9. その他（　　　　　　　　　　）

小峰書店の総合図書目録をお持ちですか？（無料）

1. 持っている　2. 持っていないので送ってほしい　3. いらない

職業

1. 学生　2. 会社員　3. 公務員　4. 自営業　5. 主婦
6. その他（　　　　　　　　　　）

ご協力ありがとうございました。

郵便はがき

162-8790

料金受取人払郵便

牛込局承認

8854

差出有効期間
平成31年4月
20日まで有効
(切手をはらずに
お出しください)

東京都新宿区市谷台町
四番一五号

株式会社小峰書店
愛読者係

ご愛読者カード 今後の出版企画の参考にいたしたく存じます。ご記入の上ご投函くださいますようお願いいたします。

今後，小峰書店ならびに著者から各種ご案内やアンケートのお願いをお送りしてもよろしいでしょうか。ご承諾いただける方は，下の□に○をご記入ください。

□ 小峰書店ならびに著者からの案内を受け取ることを承諾します。

・ご住所 〒

・お名前 （ 歳）男・女

・お子さまのお名前

・お電話番号

・メールアドレス（お持ちの方のみ）

サイレント設定にして、ポケットに戻《もど》した。

急いでいても、これだけは欠かせない。校舎の前で、背筋を伸《の》ばして深呼吸をする。

「よし」

私は駆《か》け足で、玄関《げんかん》に向った。

休みの日の校内は、照明が最小限にされていて、普段《ふだん》より薄暗《うすぐら》い。

階段をあがり、二階の放送室のドアノブをそっと回す。

（やっぱり。鍵《かぎ》あいてる）

重い扉《とびら》を引くと同時に言った「すみません」に、部長の「遅《おそ》い」がかぶる。

部活動開始は九時からだけど、三十分前から発声練習をして喉《のど》の状態を整えておく。それが暗黙《あんもく》のルールになっている。

「遅くなってすみません。自転車がパンクして」

「理由を聞いてる時間もったいないから、始めるよ」

「はい」

軽く肩《かた》を動かし、上半身の緊張《きんちょう》を解いてから、発声の姿勢をとった。メトロノームのリズムに合わせて、息を速く吸って長く吐《は》く。向い合って部長も同じ呼吸をする。

例年、コンテストには三年生が出るのが慣例になっている。私も、今年は天野《あまの》部長が出場すると思っていた。その部長が私を推薦《すいせん》した。

「慣例に従ってではなく、もっとも適した人を私たちの代表として出場させたい」と。

そして、時間を割《さ》いて練習に立ち会ってくれる。アナウンスの練習は、客観的に聞いてくれる相手が必要だからだ。それと同時に、私に指導方法を教えようとしているのが分かる。部長に期待されていることが嬉《うれ》しかった。

自然な会話に近い話し方で、五〜六メートル前方の人に声を届ける。はっきり話すことと、伝わるように話すことは別。このことが身につくまで苦労した。発声は言葉を音にすることなのに、言葉で説明するのが難しい。とにかく声に出し、聞いてもらって直していくしかない。自分が聞いている声と、人に聞こえている声がちがうことを意識するのも難しい。

捉《とら》えどころがない「声」というもの。自分のイメージ通りに、相手に言葉を届ける感覚をつかまえた瞬間《しゅんかん》から、私の声は、確実に変わった。

一通りの練習を終えた時、部長が言った。

「上原さんさぁ、去年の秋くらいに、声をコントロールできるようになったよね」

「秋、ですか？」

驚《おどろ》いた。部長は自分より早く、声の変化に気づいていた。

「うん。その時、上原さんに越《こ》されるなって思った。そして、そうなった」

「そんなことないです。天野《あまの》部長が私の目標です」

「ありがとう。悔《くや》しいけど、本当なの。ある程度までは訓練で取得できるけれど、その先の技術は、つかんだ人にしか分からないの。だから自信もちなさい」

それでも、部長は私の目標だ。彼女《かのじょ》の人としての大きさに私は憧《あこが》れる。

「ねえ上原さん、外に出ようか。天気もいいし、いろいろな音のある中で声を出してみよう。兼子《かねこ》先生には私から報告しておくから、先に出ていいわよ」

「分かりました」

ドアに鍵《かぎ》をかける部長と別れ、階段に向った。
タ、タ、タ、タ、タン。
リズミカルに階段をおりて、踊《おど》り場に着地。その時、右膝《みぎひざ》に変な痛みが走った。

(自転車登校のせい？　あのくらいで、なさけない)

そのままくるりとむきをかえて、次の階段に足をおろした。

ガクッ！

うそ。

ガダガダガダ！

激痛だった。

転んでから激痛、じゃなく、激痛が走って、転んだ。

階段の途中《とちゅう》から下まで落ちて、かなり派手な音がしたらしい。集まってきた人の中に、天野《あまの》部長と兼子《かねこ》先生のあわてた顔が見えた。

「上原君、大丈夫《だいじょうぶ》ですか！」

兼子先生、こんな時でも君付けだ。

大丈夫《だいじょうぶ》です、と答えたかったけど、私の首は横に動いた。

右足が痛いのか熱いのか分からない。なのに体は震《ふる》えるほど寒かった。

兼子《かねこ》先生が、私の足に視線を向けて顔をしかめた。

「天野《あまの》君、職員室にいって救急車を呼んでもらってください。それから君たち三人、保健室を開けてもらって毛布を何枚か持ってきてください」

兼子先生の指示に、生徒たちが動き出す。

「上原君、頭は打ってませんか」

「はい、打っていません。なんか、大騒《おおさわ》ぎになっちゃった。すみません」

「そんなことは気にしなくていいですよ。携帯《けいたい》持っていますか、ご自宅に連絡《れんらく》入れさせてください」

「あ、大丈夫です。自分でかけます」

ポケットからスマホを出して耳にあてる。

プルルル、プルルル……。

「あ、もしもし、お母さん。私、階段でこけちゃって……」

スマホを持つ手が震《ふる》える。止めようとしても、どんどん震えが大きくなる。

「上原君、私から説明します」

手を出す先生にスマホを渡《わた》した。

遠くから、救急車のサイレンが聞こえてきた。

2

自分が救急車に乗ることになるなんて、思ってもみなかった。

三人がかりで持ち上げられて、搬送《はんそう》用ベッドに乗せられた。天野《あまの》部長がリュックを手に駆《か》け寄ってくる。

「放送室にあったから」

私はリュックを胸に抱《かか》えた。

「ありがとうございます。部長すみません」

まだ話したそうにする部長を、隊員が手で制した。

「離《はな》れてください。動かします」

ベッドが動き出し、部長が遠ざかる。

「少し揺《ゆ》れますよ」

ガタガタと、頭から車内に送りこまれる。

バッダン。

大きな音で戸が閉められた。

隊員が「どこが痛みますか？　どうやってケガしましたか？」と次々聞いてきたけど、何をどう答えたのか覚えていない。

ただ、一緒《いっしょ》に乗った兼子《かねこ》先生の、心配そうな顔と、救急車の中に響《ひび》き続けた、サイレンの音は覚えている。

坂をくだっている時、今朝は桜のつぼみを見ていなかったと、窓を見上げた。

けれど、窓は曇《くも》りガラスで、流れる枝の影《かげ》が映るだけだった。

運ばれた所が、中央整形病院だったことは、あとから分かった。

救急外来で、医師と兼子《かねこ》先生が話している。「階段」とか「右足」という声が聞こえてきた。医師は私の足を一度見て、「これは痛いわ」と眉間《みけん》に皺《しわ》を寄せた。

「写真撮《と》るために移動するね。自分で動かなくていいから、力抜《ぬ》いていてね」

診察《しんさつ》台からシーツごと持ち上げられて、病院の搬送《はんそう》用ベッドに寝《ね》かされた。

「右膝《みぎひざ》三方向、レントゲン撮《と》ってきて」

医師は看護師さんに向って言った。

レントゲン室から戻《もど》ると、診察室の前で母が待っていた。

「美結《みゆ》、大丈夫《だいじょうぶ》？　動けないの」

「うん……。右足、折れたかも」

「どうして階段で転んだりしたのよ。痛む？」

「レントゲン室で少し動かしたから、また痛くなってきた」

ふとした拍子《ひょうし》で走る強い痛みに、顔がゆがむ。

「上原さん、中に入りますよ」

呼びにきた看護師さんがベッドを押《お》し、その後ろに、母と兼子先生が続いて、診察室に入った。

パソコン画面に、レントゲン写真が表示されている。

「ここ、脛骨《けいこつ》の上部が折れてますね」

医師が、画面上のポインターで骨折部分を示した。

「それと、この部分に影《かげ》があります。炎症《えんしょう》を起こしているかもしれないので、入院して詳《くわ》しく検査しましょう」

「え、入院？」

「腫《は》れが強いから簡易固定で観察をします。ギプスができないので、帰っても大変でしょう」

「美結《みゆ》、お母さんもその方が安心だわ。入院させてもらいましょう」

「はい……。分かりました」

医師は慣れた手つきで、白いスポンジ付きの板を曲げると、それで私の右足を固定した。

「じゃあ看護師が案内します。君、上原さんを病棟《びょうとう》にご案内してください。それと、お母様は入院の説明がありますから、ちょっと残ってください」

母を残して、私は用意された車イスに乗せられ診察室《しんさつしつ》を出た。

「では、三階の入院病棟《びょうとう》にご案内しますね」

看護師さんが、ゆっくり声をかけてくれる。

「入院は初めて？」

「小さい時に一度したことあります」

「じゃあ、その時は小児科《しょうに》ね」

「はい」

いくつか言葉を交《か》わすうちに、すこし気持ちが落ち着いてきた。

リュックを抱《かか》えた兼子《かねこ》先生が、斜《なな》め後ろを歩く。

「兼子先生、リュックの中に原稿《げんこう》が入っているんです。今日先生に見ていただこうと思って」

腕《うで》を伸《の》ばしてリュックをもらい、原稿入りファイルを取り出して、先生に渡《わた》した。

「分かりました。預かっておきますね」

「はい。お願いします」

先生はそのまま病室まで付き添《そ》ってくれた。

看護師さんに手伝ってもらいながら、二人部屋の窓側のベッドに横になった。もうひとつのベッドは空いているので、個室状態だった。糊《のり》が効いたシーツからは、うっすらと漂白剤《ひょうはくざい》の匂《にお》いがする。

「先生、コンテストの練習できなくてすみません」

「仕方がないです。その分、退院後に頑張《がんば》りましょう」

「コンテスト、出られますよね」

「まあ、足が折れていても口が動けば大丈夫《だいじょうぶ》ですよ」

兼子《かねこ》先生の口から冗談《じょうだん》が出たことがおかしくて、クスッと笑ってしまった。そこにノックの音がして、母が入ってきた。

「先生、今日は本当にお世話になりました。いろいろありがとうございます」

「いえ、とんでもない。上原君の顔色が良くなって安心しました。では私はこれで失礼します。学校での事故ですから、後日保険の書類などお送りします」

先生は軽く頭を下げて、病室を出ていった。

それから看護師さんが着替《きが》えを手伝ってくれた。てきぱきと血圧や体温を測り、ケガをした時の様子を質問しながら、書類にまとめている。

「慣れるまでトイレもお手伝いしますから、遠慮《えんりょ》しないで呼んでくださいね」

笑顔でナースコールを枕元《まくらもと》において去っていった。

「なんだか大ごとになっちゃったね。何日ぐらい入院になるのかなあ」

「……」

「ねえお母さん、お医者さん何か言ってなかった？」

「ああ、そうね。詳《くわ》しいことは後日って……」

「ふうん、そうかあ」

「あのね、お母さん入院に必要な物を取りに、ちょっと家に戻《もど》るけど大丈夫《だいじょうぶ》？」

「うん、もう平気」

「じゃあ、夕方ぐらいにまたくるわね」

母は、まだ心配そうな目をしていた。

その日の夕方、母からメールがきた。
《ごめんね、今日いけなくなりました。明日《あした》の午前中にいきます。欲しいものあったらメールしてね》
画面の返信表示をタップする。
《スマホの充電器《じゅうでん》！　イヤホンも持ってきて！》
送信。

3

翌朝、救急外来で診《み》てくれた医師が病室にきた。

「おはよう。昨日は眠《ねむ》れたかい」

「寝返《ねがえ》りしたら、痛くて目が覚めちゃいました」

「そうかぁ。痛み止めの指示も出してあるから、看護師に言って。夜中でもかまわず、薬をもらうといいよ」

「はい。でも、薬飲まなくても我慢《がまん》できそうです」

「飲み薬じゃなくて座薬。効果が出るの早いから我慢しないで使って、しっかり眠《ねむ》った方がいいよ」

「座薬……、ですか」

子どもの時に、熱さましを入れられた感触《かんしょく》を思い出した。うわぁ、絶対ムリ。

「今日、朝一でMRIという検査をしますね。後から車イスで迎《むか》えにくるからいってきてね」

「MRI？」

「大きなドーナツ形の機械に入って、足の断層写真を撮《と》ってもらうからね。これは痛くないから」

「はい、分かりました」

「ちょっと足診《み》るよ」

医師は掛《か》け布団《ぶとん》をめくって足先を触《さわ》る。

それから、

「あ、忘れてた。ぼくが担当医の大沼《おおぬま》です」

と、白衣の胸元を指さした。

「よろしくお願いします」

私が、ネームプレートの写真と医師を交互《こうご》に見ていると、

「ああ、ごめん昨日泊《と》まりで。女子高生に見せる頭じゃないよね」

寝《ね》ぐせと無精《ぶしょう》ひげの顔が笑った。


九時になって看護師さんが迎《むか》えにきた。

「ＭＲＩにいきますね。それから痛み止め、飲み薬も出たから我慢《がまん》しなくていいわよ」

「え、なんで」

「座薬は嫌《いや》みたいだからって、先生から指示が出たわよ」

大沼《おおぬま》先生、いい人かも。

検査から戻《もど》ってきたら、母が荷物をロッカーにしまっているところだった。

「お母さん、きてたんだ」

「昨日ごめんなさいね。お父さんに連絡《れんらく》したり、必要なもの買いにいったりしたら時間がなくなっちゃって」

「いいよ、小さい子じゃないんだから」

「いろいろ持ってきたわよ。洗面道具、箸《はし》とコップ、それからこれ」

母が自慢《じまん》げに広げたのは、男性用のトランクスだ。

「何それ」

「ほらほら、その足じゃいつものショーツははけないでしょ」

「やだよ、そんなの恥《は》ずかしい」

「大丈夫《だいじょうぶ》よ、穴開いてないのにしたから」

「そういう問題じゃないよ」

その時、看護師さんが入ってきた。

「体を拭《ふ》きにきたんだけど、今いいかしら」

「はい、お願いします。お母さんこれ、持って帰って」

母に押《お》しつけたトランクスに、看護師さんの目が留まった。

「それ、なんですか？」

「なんでもないです」

あわてる私を無視して、

「トランクスなんですよ。かわいい柄《がら》でしょ」

母は、ポップな花柄のトランクスを大きく広げた。

「今どきの女子高生って、こんなのはくんですか」

「はかないです！　母が勝手に持ってきたんです」

「だって、美結《みゆ》のショーツじゃ小さくて、ここ通らないでしょ」

母は固定した足を指さした。

「なるほど、いいアイディアですね。着替《きが》えも楽そうです」

看護師さんの絶賛は、母をおおいに満足させた。

実際、トランクスは固定された足をスルスル通った。悔《くや》しいけど、はき心地《ごこち》もなかなかいい。

体を拭《ふ》き終えると看護師さんは、

「明日、検査結果のお話をしますので、あとで時間の調整をさせてください」

と、母に言って部屋を出た。

母が持ってきた荷物には、メールで頼《たの》んだ物の他に、数学の教科書が入っていた。

「これいらなーい」

教科書をパタパタ振《ふ》る。

「眠《ねむ》れない時に役に立つわよ」

笑いながら話す母は、いつもより明るくて、私を元気づけようとしているのが、みえみえだった。

「じゃあ、ナースステーションで明日の予定を聞いてから家に帰るね」

母は、洗濯《せんたく》物を袋《ふくろ》に入れて病室を出ていった。

お昼を食べていると、ブルルルとスマホが震《ふる》えた。

母からのメール。

《明日、結果のお話が三時ぐらいにあります。それまでにいきます》

返信。

《ふりかけが欲しい》

送信！

4

たいしたことはないと思っていても、結果を聞く前って不安になる。

母が昼食に間に合うように、早めにきてくれた。だけど食欲がなくて、ふりかけごはんも少しだけしか食べられなかった。

「受験の結果発表を待つ感じ」

試験の手ごたえは十分ある。自己採点も合格圏内《けんない》。だけど、どこかでミスをしているようで安心できない。

「そうね……」

母が生活情報誌のページをめくりながら答える。けれど、その目はどこにも焦点《しょうてん》を結んでいないように見えた。

「上原さん。検査結果をお話しします」

迎《むか》えにきた看護師さんの声が、すこし緊張《きんちょう》しているように聞こえた。

気にしすぎ……。心の中で笑う。

車イスを押《お》されて、母と一緒《いっしょ》にナースステーションの中に通された。廊下《ろうか》からは見えない奥《おく》のスペースで大沼《おおぬま》先生が待っていた。

「どうぞ、こちらにおかけください」

看護師さんが母にイスを勧《すす》めた。

「先生、よろしくお願いします」

母の声も緊張している。

「では、お話ししますね」

大沼先生が、マウスを操作してパソコンに画像を表示した。

「上原さん。膝《ひざ》の痛みはいつごろからありましたか」

「骨折した日の朝、自転車をこいでいる時です」

「その前に、気になったことはありませんでしたか」

ああ、そういえば……。

「去年の十二月ぐらいから、寒い日とかに。でも、ひどく痛むことはなかったです」

「五カ月程前から、痛むことがあったということですね」

「はい……」

「えっと、これが入院時のレントゲン写真です。ここが骨折部位、そして影《かげ》があると説明したのがこの部分です」

白い矢印のポインターが動く。

「入院してからＭＲＩをしましたね」

「はい」

「その結果、骨折部位周辺の骨がもろくなっていることが分かりました。この場合いくつかの病気が考えられます。そこで、血液検査もしました」

画面がいくつもの数値に切り替《か》わる。

「この数値が高くなっています。これは他の病気でも高くなる場合があるのですが」

大沼《おおぬま》先生は、一度大きく息を吐《は》いた。

「まず疑わなければならないのは『骨肉腫《こつにくしゅ》』です」

聞いたことがある。

骨のがん。

なんていうマンガだっただろう、足を切断した少年が義足でスポーツをする話。

「この後、確定診断《しんだん》をするために、もっと詳《くわ》しい検査をしていきます。病気の状態が分かりしだい、治療《ちりょう》を開始することになります」

「悪い物じゃない可能性もありますよね。他の病気で骨が弱くなることも……」

母が、おそるおそる口にする。

「ゼロではありません。しかし、楽観して治療の時期を逸《いっ》することが一番危険です。美結《みゆ》さんもご家族も、現実をしっかり受けとめていただかなければなりません」

何も感じなかった。というより、このことをどう感じるのが正しいのか、分からなかった。医師の言葉は聞こえているし、その意味も分かる。なのに、心に入ってこなくて、行き場を探して、同じところをぐるぐる回っているようだった。

ただ、母の手が固く握《にぎ》りしめられていて、それが状況《じょうきょう》の厳しさを語っているように思えた。

5

「お母さん、前に聞いてたの？」

「救急車で運ばれた日に、気になる影《かげ》があるとは言われたのよ。もしかすると悪い物の可能性もあるのでしっかり検査したいって」

「どうして何も言ってくれなかったの。なんでかくしてたの」

「かくしてたわけじゃないの。きっと、たいしたことありませんでしたよって、そう結果が出ると信じていたから。心配させること、ないと思って」

急に不安になった。

「がんなのかな……」

すごく悪かったらどうしよう。

手術しなきゃいけないかも。

もしかして、死ぬかもしれない。

「お母さん、私、死んじゃうのかな……」

「何言ってるの、大丈夫《だいじょうぶ》よ。まだ、骨肉腫《こつにくしゅ》だって決まったわけじゃないのよ。それに、今はがんだって治せるんだから」

「きっと、間違《まちが》いだよね。骨肉腫なんて間違いだよ、ぜったい……」

笑ってみた。私、ちゃんと笑顔になってるのかな。

母が私に向けた顔は、何かを嚙《か》みしめているような笑顔で、私もそんな顔を、しているかもと思った。


「次々検査が入るから、忙《いそが》しくなるよ」

翌朝、大沼《おおぬま》先生がきた。

「今日、午後から生検をするね。膝《ひざ》の組織を少し取って検査に出します。痛くないように局所麻酔《ますい》をするけど、麻酔の注射が痛いんだよね。それは我慢《がまん》してね」

「すごく痛いですか?」

「できるだけ痛くないようにする」

「……」

「昨日眠《ねむ》れなかったようだね。いろいろ考えたよね」

だまってうなずいた。

大沼《おおぬま》先生は、ベッドサイドのイスに腰掛《こしか》けた。

ベッドの上に座っている私と、同じ高さに顔がある。

「上原さん本人に、きちんと説明することは、ぼくから提案させてもらったんだ。これからの検査は、痛いこともあるし、足以外の検査もある。上原さんが納得しないと、かえって不安を与《あた》えると思ったから」

「本当に骨肉腫《こつにくしゅ》、なんですか」

私は右膝《みぎひざ》をじっと見た。ついこの間まで、普通《ふつう》に歩いていた。

「そう考えています。今日の検査は実際の組織を顕微鏡《けんびきょう》で見て、骨肉腫で間違《まちが》いないかを確認することと、骨肉腫が周囲に広がっていないかを、見極《みきわ》めるためにします」

「もう、先生は骨肉腫《こつにくしゅ》だと思っているんでしょう。それなのに、確認が必要なんですか」

確認ってことは、まだ決定してないってことでしょう。先生、そうだと言って……。

「骨肉腫といっても、いろいろな状態があるんだよ。大切なのは病気の状態を正しく診断《しんだん》して、上原さんに合う治療《ちりょう》をすることなんだ。そのために、検査が必要なんだよ」

検査の結果、骨肉腫じゃありませんでしたなんて希望は、持たない方がいい。そう言われた気がした。

「ぼくの言い方は厳しすぎるかい……」

「はい」

「けれど本当のことだ」

「下手な希望は、持つなってことですか」

「希望。ぼくは持っているよ」

「だって骨肉腫なんですよね」

「うん。骨肉腫でもだ。上原さんがイメージしている希望とは違《ちが》うかもしれないけれど」

うそだ。

希望なんてない。
高校はどうなるの。
放送コンテストは。
大学は……、夢は。
いつか誰《だれ》かに恋《こい》することは。
描《えが》いていた将来は、健康な私がベースになっていた。
未来がすっぽりなくなってしまった。
どこに向って歩いていけばいいのか。
どの方向に踏《ふ》み出しても、暗闇《くらやみ》に落ちていくような感じがした。
「またくるからね」
大沼《おおぬま》先生が席を立った。
入れ替《か》わるように、ひとりの看護師さんが部屋に入ってきた。
検査結果を聞く時に、車イスを押《お》してくれた人だ。
すらりとして姿勢がいい。きれいにアップにしている髪《かみ》が印象に残っている。

「座ってもいい？」

彼女《かのじょ》は、静かに声をかけて座った。

「大沼《おおぬま》先生、はっきり言う人だから……。おどろいたでしょ」

「はい」

「先生はね、高校生だって自分のことを知る権利があるって。なぜそれが必要なのか知らないと、苦しいことに立ち向えないからって」

「でも、こんな話なら……」

「知らない方がよかった？」

「知らなければ、悩《なや》まないでいられるでしょう。今だって退院したら何しようとか、考えていたかもしれない」

「知らなかったら、悩まないでいた？」

どうなんだろう。

悩まないでいただろうか。

いろいろ検査されて、大丈夫《だいじょうぶ》だよって言われて。

どうしてだろうって、考えることもなく。本当なのかと、疑いもせず。

そんなふうにされて、安心していられるだろうか。

後になって、実は……と打ち明けられたら、何を信じていいか分からなくなるかもしれない。

私は首を振《ふ》った。

「そうね、どっちも辛《つら》いわね」

看護師さんは、小さくうなずいて、私の右手をそっと握《にぎ》った。

冷え切った右手に、彼女《かのじょ》の体温が流れこむ。

「私が、上原さんの受け持ちになったの。桜坂《さくらざか》です。サクラザカって言いづらいから、普《ふ》段《だん》はサクラさんって呼ばれるの」

柔《やわ》らかそうな頰《ほお》にえくぼが浮《う》かぶ。

「桜坂さん」

「よろしくね、サクラでいいわよ。今日、検査の介助《かいじょ》につくので、あとから、またきますね」

サクラさんは小さく手を振《ふ》って病室を出ていった。

右手に、サクラさんの体温が残っていた。


生検、骨シンチグラフィー、全身のＭＲＩ、採血。

毎日、検査ばかりが続く。

言われるままに検査室に移動し、検査用のベッドに横になるだけで一日が過ぎていく。

「先生、検査結果はどうなんですか」

と聞いても、

「結果が出るのに、時間がかかる検査が多いからね」

大沼《おおぬま》先生は、そう答えるだけだった。

骨肉腫《こつにくしゅ》がどのぐらい進んでいるのか。もう、いくつかの結果は出ているのかもしれない。

病気が、間違《まちが》いだったという結果が出ないなら、検査結果なんてずっと出なければいいのにと思った。

「来週の火曜日には結果が揃《そろ》いますので、大沼先生の説明はその時になります」

サクラさんがそう告げたのは、母が面会にきた水曜の午後だった。

6

金曜日の朝、スマホにメール着信の表示があった。

《美結《みゆ》！ 階段でこけたって聞いたよ。ドジだね（笑） まだ痛い？ 今度お見舞《みま》いにいくね！ 佳奈《かな》》

ゴールデンウィーク、終わっていたんだ。佳奈のメールでそのことに気がついた。

救急車がきたこと、学校中で話題になっているんだろうな。

佳奈のメールは、いつもと同じに明るい。メールのむこう側では、みんな笑ったり、はしゃいだりしている。本当なら私もその中にいるはずなのに、ひとりだけ、はじき出されてしまった。

返信、どうしよう。

今、元気な人にあったら、落ちこみそう。

でも、その間は病気のこと考えないでいられるかも。

私も周りの人も、病気を中心にして過ごしている。

佳奈《かな》がきたらその空気が、ひと時だけでも変わるかもしれない。

《佳奈　学校はどう？　坂田に注意されてない？　私の足は今、モナカになってる（笑）。みにくる？　面会時間は午後二時からだよ！》

メールを打ちこむ。

何度か読み返して結局、送信せずに保存ボックスに入れ、スマホを置いた。


昨日、右足にギプスを巻いた。

「ギプスにしたら、松葉杖《づえ》で歩けるからね」

大沼《おおぬま》先生は、何層も巻きつけたギプスが固まると、電動の丸ノコを手にした。

「この刃《は》が細かく震《ふる》えて、硬《かた》いものだけ切れる仕組みだからね。ぜったいに皮膚《ひふ》は傷つけないから安心して」

先生が、ニッと笑ってスイッチを入れる。

どう見たって、その刃《は》、回転してます！

先生の目、笑ってないし。

おびえる私を横目に、先生はその刃をギプスにあてた。

チュイ――ン、チュイーン。

ぜったいに傷つけないと言われても、全身に力が入る。

足の内側と外側に切れ目を入れて、ギプスを前と後ろの二つに分けた。

「ほら、大丈夫《だいじょうぶ》だったでしょ」

大沼《おおぬま》先生は、完全に楽しんでいるように見えた。

切り口を整えたあと、後ろ側のギプスに足をのせ、前側のギプスで蓋《ふた》をする。

「これね、『モナカ』っていうのよ。和菓子《わがし》の『最中《もなか》』みたいでしょ」

ギプスがずれないように固定しながら、サクラさんが教えてくれた。

入院生活の中でも、サクラさんは、ときどき笑いの種をまいてくれる。

だけど、こうしている間にも、診断《しんだん》が確定する日は迫《せま》ってくる。そう考え始めると、頭の中がいっぱいになって、サクラさんの笑顔に応えることができなかった。

普通《ふつう》の高校生に戻《もど》りたい。
友だちと笑って、坂田に怒《おこ》られて……。
もう一度、スマホを手にする。
保存したメールの最後に《待ってるからね♡》と、つけ加えて送信した。
《明日いく！》
すぐ返信がきた。
画面の時間表示は、どう考えても授業中。
佳奈《かな》は相変わらずだ。

「美結《みゆ》、元気だった？」

病院には不似合いな挨拶《あいさつ》で、佳奈はやってきた。

「元気だよ〜。退屈《たいくつ》してたぁ」

「だと思った。兼子《かねこ》先生からお土産《みやげ》だよ」

佳奈《かな》が手に持った封筒《ふうとう》をヒラヒラさせる。

「佳奈、ちょうだい。きっと中身原稿《げんこう》だよ、グチャグチャになるぅ」

手が届きそうになると、佳奈がさっと封筒を高く上げる。

伸《の》ばす、上げる。伸ばす、上げる。

もう、小学生か！

「ふふっ」

「うふふっ」

「あははは」

「はあ、はあ、おっかしい。あはは、はは、お腹《なか》痛い」

久しぶりに笑った。佳奈、最高。

「美結《みゆ》。『モナカ』って何？　意味分からん」

「これこれ」

ギプスを指さす。

「このギプス、半分に分かれていて足を挟《はさ》んであるの。だから『モナカ』なんだって」

「へえ、そうなんだ。じゃあ、美結《みゆ》の足があんこだね」

「食べる？」

「遠慮《えんりょ》する」

佳奈《かな》はペロッと舌を出した。

「学校の方は？　何か変わったことあった？」

「美結の救急車が一番のニュースだよ。あ、そうだ。サッカー部の人に、美結のこと聞かれたよ。えっと、二年のキーパー……補欠？　名前分かんないや」

「もしかして、川崎君？　彼《かれ》は控《ひか》えのキーパー。補欠じゃないよ」

「ふうん、そうなの。『上原、入院したの？』って、心配そうな顔してたよ。美結に気があるんじゃない？」

「ちがうよ。コンテスト原稿《げんこう》書くのに、川崎君を取材したから。階段で転んだ日、サッカー部が練習していたから、救急車に乗せられるの見られてたかも」

「ふうん、あやしい。そっか、キャンプ断ったのもそういうことね」

「なんでそうなるかな。川崎君は純粋《じゅんすい》に取材対象だよ。私のいない間に、変なうわさ流さ

さ」
「はいはい。美結《みゆ》、早く治して学校においでよ。坂田が校門前で寂《さび》しそうにしてるから
ないでよ」
「うわ、やめてよ寒気する」
「ジョーク、ジョーク。これね、みんなから集めてきたの。ちょっと古いのもあるけど暇《ひま》
つぶしに置いていくね。じゃあ、また」
マンガとファッション誌を置いて、佳奈《かな》が帰った。
封筒《ふうとう》の中から、原稿《げんこう》を出す。何箇所《かしょ》か赤が入っている。
《題材がいい。感情は入れず、事実で思いを伝える。文字ではなく、音で伝わりやすい言
葉を選択《せんたく》。時間オーバー三行ほど削《けず》ること》
昨年秋の新人戦で地区優勝し、全道大会出場を決めた我《わ》が校のサッカー部。その活躍《かつやく》を
裏で支える、控《ひか》えのキーパーのことを書いた原稿だ。
どんなに実力が拮抗《きっこう》していても、キーパーとしてフィールドに立てるのはひとりだけ。

基本的に、控《ひか》えのキーパーが公式戦に出ることはない。たとえ試合に出られなくても、練習に手を抜《ぬ》くことがない川崎君を題材にした。

全道大会直前の取材。

「人一倍努力をしているのだから、全道大会では出場の機会があるといいですね」

私は、そう話を切り出した。

「俺《おれ》が出場するってことは、チームになんらかの問題が起きたってことだよ。だから、出場の機会がないことが理想。努力するのは、試合に出るためだけじゃない。俺は、控えのキーパーであることに誇《ほこ》りを持っている」

川崎君は胸を張って話してくれた。

「ゴールキーパーに最高のパフォーマンスをさせているのは、信頼《しんらい》できる控えのキーパーの存在なんだ。俺は、常にその責任を背負っている」

ドキンとした。

悔《くや》しい気持ちとか、絶対に次は試合に出る、という答えを期待していた。そんな筋書きを描《えが》いて、川崎君に質問をぶつけたことを後悔《こうかい》した。自分がイメージ先行で取材していたことに、気づかされた瞬間《しゅんかん》だった。

メモをとっていると、川崎君が、

「ちょっとカッコつけた」

と笑った。


あと一カ月。

コンテストに出たい。川崎君の誇《ほこ》りを伝えたい。

鉛筆《えんぴつ》を取り出して、原稿《げんこう》を読み直す。

これを完成させられたら、奇跡《きせき》が起こるかもしれない。

書き直して読んで、また書き直す。

頑張《がんば》れば、夢は叶《かな》う。奇跡は起きるんだ。

7

朝から、急に気温が下がった。

ライラックが咲《さ》きだすと、必ずといっていいくらい季節が逆戻《もど》りする。

今日、単身赴任《ふにん》中の父が病院にきた。

午後から、結果と治療《ちりょう》方針について、説明がある。

「こっちは、まだ寒いなぁ」

「わざわざ休んできたの？」

「父さんも一緒《いっしょ》に聞いた方がいいだろう。母さんからも、そうしてほしいと言われたからな」

「お母さんから、あとで聞けばいいじゃない。飛行機でくるほどのことじゃないよ」

「大事な話は、人づてじゃだめだ。それに、美結《みゆ》の顔も見たかったし」

父のぎこちない笑顔から、視線をそらした。

私が中学に入学してすぐ、父は転勤で北海道を離《はな》れた。寂《さび》しかったのは最初の数カ月で、すぐに母と二人の気楽さに慣れた。年に数回帰ってきた時には、私の居場所を奪《うば》われたような気がして、父を避《さ》けるようになっていた。

別に嫌《きら》いというわけではない。ただ、どう接しても不自然な感じがして、居心地が悪い。それは、父も同じようだった。

「お父さんは美結《みゆ》が心配で、昨日仕事が終わってから、すぐ飛行機に乗ってきたのよ」

途切《とぎ》れた会話をつなごうとした母の言葉にも、ひとことも返さなかった。

空気が重たくて、いっそのこと早く説明の時間になればいいのにと思った。

約束の時間がきて、私たち三人は「第2処置室」と書かれた部屋に案内された。

扉《とびら》をあけると、大沼《おおぬま》先生の他に、もうひとり、白衣の男性が立ちあがった。

「担当医の大沼です。こちらは副院長」

「副院長の辻《つじ》です」

背の高い、白髪《しらが》交じりの医師が会釈《えしゃく》をした。

簡単な挨拶《あいさつ》をし、それぞれが席に着いたところで、大沼《おおぬま》先生が話しはじめた。

「上原さんの診断《しんだん》は、私と辻《つじ》先生で行いました。結論から申し上げると、上原美結《みゆ》さんの病名は骨肉腫《こつにくしゅ》。骨の悪性腫瘍《しゅよう》です」

パソコン画面に、いくつもの写真が表示される。

「膝《ひざ》の下の太い骨、脛骨《けいこつ》の上部に病巣《びょうそう》があります。骨肉腫によって骨がもろくなっていて、骨折したと考えられます」

父がうなずく。

「骨肉腫の場合、まず心配なのは肺転移です。ＭＲＩ、骨シンチグラフィーなど画像診断の結果、現在のところ、肺を含《ふく》め他の臓器への転移は認められません。ただし、原発部位の悪性腫瘍は骨の外、周辺の筋肉や血管、神経まで広がっている状態です」

「と言いますと……」

父が医師の言葉を待つ。

「全身の状態は、転移もなく良好と判断します。ただし、局所の病状は進行しています。放っておくと早い段階で、肺などに転移を起こす可能性が高いです。数々の症例《しょうれい》と照らし合わせ検討した結果……。上原さんの場合、下肢《かし》切断の手術が必要と判断します」

切断?

うそ、だって……。

眠《ねむ》れない夜に、こっそり開いたスマホの画面が浮《う》かぶ。暗い病室に光る四角い画面の中には、希望をつなぐ文字があった。

「先生、今は切らない方法もあるって。サイトには、『現在は残すことが多い』って書いてありました」

何度も、何度もスマホで検索《けんさく》した。「骨肉腫《こつにくしゅ》」「治療《ちりょう》」「体験談」……。

「人工関節とか、骨移植とか。いろいろあるって……。私、調べたんです」

父は何も言ってくれない、わざわざきて、なんのためにここにいるの。

「骨肉腫におかされている部位は、広く摘出《てきしゅつ》しなければなりません。できるだけ摘出範囲《はんい》を小さくするため、また、見えない転移の危険を回避《かいひ》するため、手術前に化学療法を行います。それでも、上原さんの場合、足を残すことは困難と考えます」

「私も、同じ見解です」

辻《つじ》先生が賛同する。有無《うむ》を言わせない威圧感《いあつかん》。

「私が一緒《いっしょ》に住んでいたら、もう少し早く気づけたかもしれなかったのですが……」

父の言葉に、母が目を伏《ふ》せる。

「上原さん。私たちは、今回の骨折は運が良かったと考えています。そのおかげで、転移を起こす前に、骨肉腫《こつにくしゅ》を発見することができました。この段階であれば、完治も可能と思われます」

大沼《おおぬま》先生が低い声で、諭《さと》すように言った。

「先生にお任せします。よろしくお願いします」

頭を下げる父に、怒《いか》りがこみ上げてくる。

どうして勝手に決めちゃうの。治療《ちりょう》を受けるのは私なのに、足を切断されるのは私なのに。

サクラさんの手が、私の肩《かた》にそっと触《ふ》れる。その時はじめて、自分の体が震《ふる》えていることに気がついた。

「突然《とつぜん》のことで、気が動転されていると思いますが、お父様もいらっしゃいますので、治《ち》療《りょう》計画についても、お話しさせていただきます。手術前に抗《こう》がん剤《ざい》の点滴《てんてき》を三クール予定しています。体調にもよりますが、だいたい二カ月ぐらいかかると思ってください。手術後は義足を装着することになりますので、その準備も開始します……」

父は、何度もうなずき、手帳に何か書きこんでいる。

母はうつむいて、ときどき目頭《めがしら》にハンカチをあてる。

大沼《おおぬま》先生の言葉は私を素通りしていく。

何を言っても、変わらない。

私の意思は、関係ない。

二カ月後に、私の右足が、なくなってしまう。

8

病室に戻《もど》っても、私は震《ふる》えていた。

本当に、この足を切らなければならないのだろうか。

右足がなくなっている自分の姿を想像すると、寒気がした。

父が、腕時計《うでどけい》に目をやる。

「もう、起こってしまったことだ。くよくよしても仕方がない。医者の言う通りにするのが、一番いい」

「ねえお父さん、大学病院とかで診《み》てもらえないかしら。もっといい治療法《ちりょうほう》があるかもしれない」

「母さん、何を言いだすんだ。あちこちいっている間に、転移でもしたらどうする。電話で、何回も話し合ったじゃないか。少しでも早く治療を開始してもらった方がいい」

「でも、美結《みゆ》はまだ十六歳《さい》なのよ。足を切るなんて、残酷《ざんこく》すぎるわ。いっそ、私だったらよかったのに。代われるものなら、私が代わりたい」

母の涙声《なみだごえ》が、胸の中にザワザワと波をたてる。

何が残酷すぎるよ。それをしようとしているのは、大人たちじゃない。

二人は、私ぬきで話し合って、とっくにどうするかを決めていた。だから説明された時に、何も言ってくれなかったんだ。

もう、私の足が切られることは、決められてしまった。

「今さら……」

怒《いか》りと絶望が、口からこぼれおちた。

「代われないくせに。お母さんは、代われないから、そんなこと簡単に言えるのよ。お父さんだって、飛行機の時間が気になるなら、もう帰ってよ。お任せしますって、そんなこと言うためだったら、こなきゃよかったのよ」

私は、ベッドサイドにある棚《たな》の引き出しを、勢いよく開けた。そこから、佳奈《かな》から受け取った封筒《ふうとう》を取り出し、ぐちゃぐちゃに丸めて、父に投げつけた。

「誰《だれ》も私の言うことなんて、聞いてくれない。足がなくなっちゃったら、私どうすればいいの。学校もいけない、友だちにだって気味悪がられる。女子アナだって無理だよ。足がないアナウンサーなんて、痛々しくて見てられないもの。

特別な目で見られて、気を遣《つか》われながら生きるなんて、耐《た》えられない。私は切りたくない。早く死んだって構わない。私の人生なんだから、大人が勝手に決めないで」

二人に背中を向けて布団《ふとん》をかぶった。

後ろで母の嗚咽《おえつ》が聞こえる。

「美結《みゆ》、死んだって構わないなんて、言うものじゃない。先生は、手術すれば治ると言ったじゃないか」

「お父さんは、私の足がなくなっても平気なんだ」

「そんなわけ、ないだろう」

「じゃあ、どうして何も言ってくれなかったの。先生に、足を残してくださいって、どうして言ってくれなかったの」

父が、大きく息を吐《は》く。

「言えなかった。美結が足を失うことより、美結を失ってしまうことが、父さんには怖《こわ》いんだ。だから、残してほしいとは言えなかった」

「……」

「母さんも、同じだ。頼《たの》むから、病気を、治すことだけ、考えてくれ……」

ガタッ。

父が立ちあがる音がした。

「美結《みゆ》、父さんもう、戻《もど》らなきゃならない」

「……」

「すまない。母さん、あと頼《たの》むな」

父が病室を出ていく。

この場所から、離《はな》れて暮らせる父はずるい。

辛《つら》いことから距離《きょり》があるって、楽だよ。

私は、ここから離れられないのに。

父は、誰《だれ》かに全部任せて帰る。

ひどいよ。

「美結……」

背中をむけたまま、母の声を聞く。

「ごめんね」

その声は、もう泣いていない。

「美結が病気だって、思いたくなくて。絶対に何かの間違《まちが》いだと、信じていた。信じないと美結《みゆ》が、本当に病気になってしまう気がして」

私もそうだ。奇跡《きせき》が起きると信じた。信じたかった。

「美結は病気のこと考えて、悩《なや》んでいたのに、お母さんずっと避《さ》けてた」

ゆっくり向きを変えて、母を見た。

「ごめんね」

母が、私の目を見て、もう一度あやまった。


次の日、母と一緒《いっしょ》に、大沼《おおぬま》先生から化学療法《りょうほう》の説明を受けた。

「抗《こう》がん剤《ざい》を一回点滴《てんてき》して三週間あける。これを三回繰《く》り返します。副作用は、吐《は》き気、嘔吐《おうと》、髪《かみ》が抜《ぬ》ける事もあります。白血球減少などの血液の異常や、肝臓《かんぞう》などの状態を確認するため、頻繁《ひんぱん》に血液検査もしますからね。

副作用は強く出る人もいれば、ほとんどない人もいます。症状《しょうじょう》を軽くする薬もありますので、我慢《がまん》しないで言ってください」

「髪を短くした方が、いいのでしょうか」

母が質問をする。

「抜《ぬ》けない人もいますけどね。症状《しょうじょう》が出る前に、短くされる方もいらっしゃいます」

「治療《ちりょう》が始まったら、面会は断った方がいいですか」

「特別制限はしませんが、点滴《てんてき》の日や、副作用が出ている時は断ってください。あと、風邪《かぜ》など引かないように気をつけてくださいね。問題がなければ、明日から治療を開始しますね」

「美結《みゆ》、先生に聞きたいことない？」

母に促《うなが》されて、聞いてみる。

「抗《こう》がん剤《ざい》が効いても、手術はしなければいけないんですか」

「骨肉腫《こつにくしゅ》になった部位を残しておくのは、火元を残して消火活動をするようなものです。化学療法と手術の両方をすることで、完治が可能になります。だから、手術は絶対です」

「切断しかないんですか」

「ぼくたちが考える、上原さんにとっての最善は下肢《かし》切断です。ただし上原さんが何を最善と判断するかは、ぼくたちが決めることではありません。化学療法期間中、一緒《いっしょ》に考えていきましょう」

「はい」

一緒《いっしょ》に……という言葉を完全に信じたわけじゃない。でも、無条件降伏《こうふく》はしないと、強く思った。


「どうせなら、気にいった髪形《かみがた》にしたい」

サクラさんにお願いすると、午後から外出許可をもらってくれた。

母とタクシーで、美容室に向う。

久しぶりの外は、肌《はだ》寒くて思わず肩《かた》が縮こまった。

それでも、太陽だけは、初夏のまぶしさだ。

歩道を女子高生が、笑いながら歩いているのが見えた。

本当なら、あの中にいるはずだった。

私は、反対側の窓に、目を向けた。

タクシーが走っている間ずっと、緑の葉を茂《しげ》らせた街路樹の流れを見ていた。

お店に入ると、私を見た美容師が、

「足、骨折ですか？　大変ですね」

と、大げさに驚《おどろ》いてみせた。

私は、それには答えないで、長い髪《かみ》をバッサリ切った女優の名前を告げる。

「一度、ベリーショートにしてみたかったんです」

イスに座って、ポニーテールをほどくと、髪は肩《かた》にとどいた。

「いいの？」

ブラッシングをしながら美容師が、確認する。

「思いきって、やっちゃってください」

鏡の中の私が、笑顔を作った。

9

一度目の点滴《てんてき》は、副作用もほとんどなく終わった。

「髪《かみ》、切らなくてもよかったかなぁ」

「あら、すごく似合っているって、ナースステーションでも評判よ」

採血にきたサクラさんがほめてくれる。

「この血液検査で問題がなければ、リハビリ開始になるからね」

「リハビリって、何をするの」

「足の筋力をつける訓練。それと、義足の説明や計測もする予定よ」

「切るって、決めたわけじゃない」

「うん。でも、切らないって、決めたわけでもないでしょう」

「そうだけど……」

「何かを決める時には、情報を集めることが必要でしょ。そのひとつだと思って」

サクラさんはいつも正しい答えを出す。私に言い返す言葉はない。

「じゃあ、いってみる」

そう返事をしたけれど、切断にむけての準備は気が進まなかった。

検査結果は正常だったけれど、具合が悪いと言ってリハビリ室にはいかないことにした。

ベッドの上に座って、イヤホンで音楽を聴《き》いていると、分厚い本を抱《かか》えて大沼《おおぬま》先生がやってきた。

「上原さん、リハビリさぼりだって？」

首をかしげて笑う。

「具合が悪くて」

「そうかそうか。今、時間ある？」

「あ、はい」

イヤホンを外す。

「人工関節と、骨移植の話をしにきたんだ」

先生は、本をベッドテーブルにのせた。

「切断を含《ふく》め、それぞれ良いところと悪いところがある。それと、人によって何が合うかも違《ちが》う。ネットだと、知りたいことしか解《わか》らない」

「結構詳《くわ》しく調べられますよ」

私は、スマホを手にした。

「上原さんが知りたいのは、いい症例《しょうれい》でしょう。足を残す方法。よかったという経験談。自分が望まない内容が表示されたら、そのサイトは閉じればいい。すぐに調べられる分、情報を自分でコントロールしがちになるんだ。それを繰《く》り返すと、無意識に片方のイメージばかりが、強調されてしまう」

先生は、付箋《ふせん》の付いたページを開いた。

「上原さん、書くものある？　分からないことや聞きたいことがあったら、思いついた時にメモしておいて。いつでも答えるから」

「はい」

「じゃあ、少しずつ教えるね。人工関節、上原さんは膝《ひざ》の関節になるね……」

図や写真、グラフなどを見せながら説明をする。機能性、耐久性《たいきゅう》、問題点。

「人工関節を入れられたらいいのに」

「ぼくも、できればそうしたいと考えていた。だけれど上原さんの場合、摘出《てきしゅつ》する範囲《はんい》が広いんだ。人工関節を入れても、周囲の血管や神経をつなぐことができない。それに周りの筋肉も取るからね。膝の周囲や、そこから先の部分に十分な血液が送れなければ、再切断する事になる。その場合、今の段階で予定している切断部位よりも、残せる所が少なくなって、義足を着けた時の生活の質が低下する」

「生活の質？」

「日常のいろいろな動きに対して、難しさが増すと言えば分かりやすいかな。義足の機能や動きについてはリハビリ室で聞くといいよ」

結局、人工関節は無理だということ。それとリハビリ室にいきなさいってことだ。

でも、自分は知らないことがたくさんあること。それは教えてもらえるんだってことは分かった。

10

次の日、サクラさんの案内で、初めてリハビリ室にいった。

リハビリ室は、二階のエレベーター前にあった。

松葉杖《づえ》をついて中に入ると、いろいろな器具やマットがあった。窓が大きくて想像してたより、ずっと明るい。

「ここで、名前を言って受付してね。308号室の上原さんです。お願いします」

周りには、二本の棒につかまって歩いている人。おもりの付いた器具で、運動している人などがいる。

そんな中、ひとりの男の人に、私の目はくぎ付けになった。

父と同じぐらいの年齢《ねんれい》だろう。イスに座ってぼうっと窓の外を見ている。パジャマのズボンの片方が、結んであって、力なくぶら下がっている。

その人の右足には、膝《ひざ》の下から先がなかった。

「上原さん、ここで待っていて」

サクラさんはそう言うと、その人に向って歩き出した。

「神田さん」

男の人が、ビクッと振《ふ》り向く。

「リハビリしなきゃだめじゃないの。それに、またタバコ吸ったでしょ。臭《にお》いで分かるのよ」

「うるさいな、あんたには関係ないだろう。おれの担当じゃねえべ」

男の人は、また窓の外に目を向けた。

サクラさんが、あきれた顔で戻《もど》ってくる。

「上原さんごめんね。リハビリの先生がくるまで、もう少し待ってね」

「サクラさん、あの人……」

「神田さんね、ほんと困っちゃう。上原さんは大人になっても、タバコなんて吸っちゃだめよ」

サクラさんらしくない、冷たい口調だった。

「あ、リハビリの先生がきたわ。上原さんです。お願いしますね」

サクラさんが、いつもの笑顔に戻《もど》る。それから、一礼して病棟《びょうとう》に帰っていった。

「理学療法士《りょうほうし》の笹本《ささもと》です。よろしく」

挨拶《あいさつ》をしたのは、ふっくらとした女性だ。

「こちらは義肢《ぎし》装具士の……」

「片山《かたやま》です。よろしく」

「上原美結《みゆ》です」

職人っぽい男性が出した手につられて、握手《あくしゅ》をした。ごつごつした力強い手だ。

「今日は、簡単にオリエンテーションをしますね」

リハビリ室を案内する笹本《ささもと》さんに、松葉杖《づえ》でついていった。

「上原さんは左足の筋力を強くすることと、右腿《みぎもも》の筋肉を落とさないようにするのが目的になります」

負荷をかけるマシンの使い方と、ギプスをしたままでもできる運動を教えてもらった。

「状態を見ながら運動の内容を決めますので、勝手にやりすぎないようにね」

「分かりました」

マシンを使って、左足の負荷運動をした。ベッドの上で過ごしている間に、筋力が落ちたのか、すぐに疲《つか》れてしまった。

「休みながらでいいわよ」

笹本さんに言われ、ベンチに座った。すると、松葉杖をついた神田さんが、近づいてきた。

「あんた、足切るのか」

なんなの、この人。思わずにらみつける。

「あんた、さっき片山《かたやま》さんと話してただろ」

「はあ……」

「おれの義足、あの人が作ったから」

「神田さん、ですよね」

「なんで知ってる」

「サクラさんが、言ってたから」

「ちっ、いらんこと」

神田さんが視線をそらす。

「上原さん、次の運動はじめますよ」

笹本《ささもと》さんが呼びにきた。

「上原っていうのか」

「はい」

「そっか」

神田さんは、ポケットからタバコを出し、リハビリ室を出ていった。

片山《かたやま》さんが作ったという義足は、その右足になかった。結んだズボンの裾《すそ》が、頼《たよ》りなくゆれていた。


先生の指示で、月水金の午後はリハビリ室にいく。

神田さんも同じ曜日なのか、いくと窓際《まどぎわ》のイスに座っていることが多かった。ときどき目があうけれど、別に話しかけられたりはしなかった。

その日、私は義肢《ぎし》装具士の片山さんと話をしていた。

「上原さんは自分の病気について、先生から聞いているんですね」

「はい」

「ぼくの方に、大腿《だいたい》義足の依頼《いらい》がきています。なので今日は、義足の構造の説明をさせてください」

「まだ、切断するって決まってません」

「七月に手術の予定と、聞いているけど」

「切断しない手術も、考えているんです」

「なるほどね。義足は、明日作ってと言われて、すぐにできるものではないからね。悪いけど、準備はさせてくださいね。上原さんは、義足って見たことあるかな」

「テレビのパラリンピックとかで」

「そうだね。あれは特殊《とくしゅ》な形だね。普段《ふだん》使うのとはだいぶ違《ちが》う。どんなイメージかな」

「マネキンの足のような……」

「そう思っている人が多いね。いろんな形があるけれど、ちょっと見てもらおうかな」

片山《かたやま》さんは大きな箱から、義足を出した。上側はプラスチックのカップ、足首から先は人の足の形、その間は金属の棒と関節という感じだ。

「ロボットみたい」

「使う時は、皮膚《ひふ》の色に合わせたカバーで覆《おお》います。見てもらいたいのは、膝《ひざ》の構造なんだ」

片山さんが、義足を曲げる。

「膝《ひざ》は、曲げられるようになっている。正座は難しいけれど、イスには座れる」

「でも、立ったり歩いたりする時は、杖《つえ》が必要ですよね」

「義足はただの棒じゃない。いろんな部品が組み合わされている、精密機器なんだ。体重移動や足のふりで、安全に関節を動かせるようになっている。時間はかかるけど、練習すれば義足だけで歩けるよ」

「難しそう」

「歩けるようになるには、いろんな人の協力が必要だよ。でも本人は、わがままな方がいい。遠慮《えんりょ》されると、良い義足はできないんだ。自分の足にはかなわないけれど、できるだけそれに近づけたいと思っているよ」

ギプスを巻いた右足に手をおく。この足はもう、元のようには歩けないのだろうか。

「では、来週の月曜に計測をさせてくださいね」

片山《かたやま》さんは義足を箱に戻《もど》し、次の仕事に向った。

義足で歩けるからといって、足を切ってもいいわけじゃない。

足の裏の感触《かんしょく》や指を動かす感じ、触《さわ》られる感覚や痛みはどこにいくのだろう。

気がつくと、神田さんがとなりに座っていた。

「神田さん」

「悪いな、見てた。太ももから切らなきゃならないのか」

「まだ決まってません。かもしれないってだけ……」

「そうか。おれはな、ここで切るんだ」

右足の太ももを横に切るように、手を下ろす。

「おれは、自業自得だけどな。あんたはかわいそうだ」

「神田さんは、もう手術したんでしょう」

「二回目の手術だ。タバコが悪かったんだと。ここが、だめになった」

膝下《ひざした》を指さす。

「神田さんも、病気？」

「いや、違《ちが》う。まあ、ばちがあたったんだな。酔《よ》っ払《ぱら》って事故起こして、気がついた時には足がなかった」

背中がザワッとした。気がついたら足がないって、どんな気持ちだったろう。

「退院した時には、女房《にょうぼう》と仕事、どっちもなくしちまった。はは……」

力なく笑う。

「神田さん……」

あのこと。

聞いていいか迷った。

けれど、他に聞ける人はいない。

「なくなった足の感覚って、どんな感じなんですか」

「あん？」

神田さんの声には不機嫌《ふきげん》さが混ざってる。でも、今聞きたい。

「頭で指を曲げようと思うことはできるけど、曲げる指はないですよね。それって」

「あるよ……」

神田さんは寂《さび》しそうに、右膝《みぎひざ》の先に視線を落とした。

「今もあるんだ。動かそうとしても動かなくて、ずしっと重たい。おれの足、なんで動かねぇんだと思って、見たら足がないんだよ。

知らんうちになくなっちまったくせに、感覚だけ置いてきやがった。だるくても痛くても撫《な》でてもやれないのにな」

足がなくなっても、感覚だけ残る。透明《とうめい》人間みたいなこと？　違《ちが》う、だって神田さんの右足は、膝下《ひざした》から先がないんだもの。

亡霊《ぼうれい》だ。

神田さんの足は亡霊になって、今もそこにあるんだ。

私の足も、そうなるのだろうか。

足だって切られたくないに決まっている。

足を切断した人は、ずっと亡霊の足を引きずって生きなければならないんだ。

11

二クール目の抗《こう》がん剤《ざい》を点滴《てんてき》してから、三日間も眠《ねむ》れない日が続いている。

夜、目を閉じていても、脳のどこかが起きていた。

神田さんが言っていた、切られた足の感覚のことが頭を離《はな》れなかった。

「最近、ちゃんと眠《ねむ》れている?」

サクラさんが、心配する。

「ねえ、サクラさん。切った足がまだあるように感じるってことあるの?」

「幻肢《げんし》のこと、何かで調べた? その人にしか分からないんだけれど、切断した足の感覚や、痛みを感じることがあるの」

「切断したら、私もなるのかな」

「そうね、多少なりともあるかもしれないわね。でも、カウンセリングも受けられるし、症状《しょうじょう》を和《やわ》らげるお薬もあるの。時間がかかっても必ず良くなっていくから、安心して」

突然《とつぜん》吐《は》き気がした。

「サクラさん、なんだか気持ち悪い。吐きそう」

「大丈夫《だいじょうぶ》? 今、容器を取りにいってくるね」

サクラさんは、急いで部屋を出てナースステーションに向う。

得体のしれない亡霊《ぼうれい》が、胃液を押《お》しあげていた。

病室に戻《もど》ってきたサクラさんに背中をさすられて、ゲェーゲェーと吐《は》いた。

吐いた物の苦さが、次の吐き気を呼ぶ。胃の中が空っぽになっても、吐き気は治まらない。汗《あせ》も涙《なみだ》も鼻水も絞《しぼ》り出されたところに、大沼《おおぬま》先生が到着《とうちゃく》した。

「抗《こう》がん剤《ざい》の副作用かもしれないね。サクラ君、採血と点滴《てんてき》、それと吐き気止めも持ってきて」

「はい」

サクラさんは準備にいき、大沼先生が背中をさすってくれる。

「先生……私、切りたくない……。足、切るの、嫌《いや》だ……」

「今、苦しいから、しゃべらなくていいよ」

「切り、たくない」

「切りたくないか。そうだよな」

「怖《こわ》いよ……」

「怖いんだね……そうだな、怖いよなぁ。そうか、そうか」

大沼先生は背中をさすりながら、何度も「そうか」と繰《く》り返した。

点滴《てんてき》と吐《は》き気止めが効いたみたいで、吐き気は治まってきた。だけど、体がすごく重たく感じて、ベッドから起きあがる気になれなかった。

「少し休んだ方がいいわ」

サクラさんに布団《ふとん》をかけられ、目を閉じた。

どうしても切断しなければならないのなら、有無《うむ》を言わさず切られた方が、諦《あきら》めがつくかもしれない。

骨肉腫《こつにくしゅ》って知ってから、二カ月間も悩《なや》むのは苦しい。

神田さんのように、目が覚めると足がなかったら……。

『知らんうちになくなっちまったくせに、感覚だけ置いてきやがった。だるくても痛くても撫《な》でてもやれないのにな』

神田さんの声が耳に残っている。

どうすればいいのか、分からない。なのに、こうしている間にも、手術の日は近づく。

決心するか、諦めるか。それしか道はないんだ。

たぶん……。

吐《は》いた日から、だるさが取れなくて、リハビリを休んでいた。

高校に、長期間の休学届を出したことを、母から聞いた。

この頃《ごろ》、佳奈《かな》からメールがこないのは、そのせいだろう。

放送コンテストの地方大会にも、出られなかった。

アナウンサーになることを目標に、高校生活を送っていたのが、すごく前のことに思える。

ベッドに寝《ね》たまま、窓から見える空を、ぼうっと見るだけの日が続いた。

そんな時に、意外な訪問者があった。

「上原さん、大丈夫《だいじょうぶ》かい」

聞き覚えのある声に視線をむけると、神田さんが松葉杖《づえ》で立っていた。

「リハビリ休んでいるから、気になってさ。入っていいか」

カップアイスが入ったビニール袋《ぶくろ》を、ひょいと上げてみせた。

「どうぞ」

ゆっくり体を起こす。

「この間は、くだらない話聞かせて悪かったな」

「いいえ、変なこと質問してすみませんでした」

「切らなきゃならないんだろう。でなきゃあんなこと聞かねえべ」

「……」

神田さんが、イスに腰《こし》を下ろす。

「きのう、禁煙《きんえん》外来にいってきたんだ」

「サクラさんに、注意されてましたよね」

「ああ、タバコ吸うと血行が悪くなる。それのせいで、ここが腐《くさ》りかけて、切らなきゃならないんだ」

神田さんが、膝《ひざ》を撫《な》でながら話を続ける。

「タバコをやめなきゃ、何度手術しても一緒《いっしょ》だって言われてよ……。タバコやめると足切る準備するみたいで、怖《こわ》かったんだな」

分かる気がした。

「だけどあんたみたいな、若い子が、頑張《がんば》っているのによ。いい歳《とし》こいて駄々《だだ》こねてる場合じゃないべ。ほれ、溶《と》けないうちに食え」

照れながら、アイスクリームを勧《すす》める。

蓋《ふた》をあけて、ひとくち食べる。さっぱりとした甘《あま》さが広がる。

「大沼《おおぬま》先生に、禁煙《きんえん》したいって言ったら、『事故の時は緊急《きんきゅう》で切断になって、長いこと苦しんだね。十分なフォローができず、申し訳なく思っていました』だとよ。おれが悪かったのによ」

「神田さん、また切断するんですか」

「悪い所を残してもしょうがないからな。今度はこいつに、ちゃんと別れを言ってやるさ」

膝《ひざ》を丸く撫《な》でてポンとたたく。

「こっから切ったって、歩けるようになるってよ」

神田さんは、胸ポケットから出したミントガムを噛《か》みながら、部屋を出ていった。

12

「骨肉腫《こつにくしゅ》におかされている部分から、最低でも三センチ。できれば五センチの健康な部分を含《ふく》めて、摘出《てきしゅつ》する必要があります」

母と二人で、手術の説明を受ける。

「骨肉腫は、脛骨《けいこつ》の下部まで広がっていて、ガイドラインに添《そ》って摘出すると、人工関節を支える骨を残せません」

今まで、何度も聞いた話だ。

「ただ、化学療法《りょうほう》の効果を最大限期待して、骨肉腫ギリギリの部分まで骨を残し、人工関節を入れることも不可能ではありません」

「本当ですか」

人工関節を入れられる可能性がある。足を残すことができる。

「ただし、この場合、骨の中に肉腫が残る可能性もあります。周囲の血管、神経の機能を残しながら、悪い所を完全に摘出《てきしゅつ》するのは、大変難しいです。完全に摘出できなければ、再発の可能性は高くなります」

「それでも、可能性があるなら足を残したいです」

「化学療法《りょうほう》に、最大限の効果が出る。骨肉腫《こつにくしゅ》が、完全に摘出できる。血管、神経の機能が残る。どれも可能性の低い方に、過大な期待をする治療です。どれかひとつでも期待が外れると、命の問題になります」

「切断した方が、いいということですね」

母が、覚悟《かくご》を決めている口調で言う。

「ぼくは、切断を薦《すす》めます。ただし、再発の危険を冒《おか》してでも、足を温存したいというのであれば、それに対しても最大限の努力をします」

「再発しない可能性は、どのぐらい……」

「上原さん。温存療法を希望するなら、再発の覚悟も、していただかなければなりません。再発すれば、より広範囲《はんい》の切断が必要になります。転移が起これば、その部位の手術や、化学療法も加わります。厳しい闘病《とうびょう》生活になるんだよ。そういうことも考えたのかい」

「でも、切断したって再発することもありますよね」

「最善を尽《つ》くしても、再発される方もいらっしゃいます。ただし確率は格段に違《ちが》います。適切な治療《ちりょう》をすれば、完全に治せる可能性があるのに、危険な方を薦《すす》める医者はいませんよ」

「切っちゃったら、もう元に戻《もど》らない……」

「切断後の傷が落ち着けば、早いうちに義足を装着します。訓練すれば歩けるようになるし、普通《ふつう》に生活している人もたくさんいます。若い人は適応も早い」

「普通ってなんですか。足がないこと自体、普通じゃないです。歩いたり、座ったりできれば普通っていうんですか」

大沼《おおぬま》先生が、戸惑《とまど》った表情で私を見る。切断した方がいいのは分かる。だけど、こぼれ出した言葉はもう止まらない。

「スカートもはけない、かわいい服も着られない。やりたい仕事にもつけない、結婚《けっこん》だって……」

「美結《みゆ》……」

母が、私の手を強く握《にぎ》る。

「美結《みゆ》の気持ちは分かるのよ。でも、お母さんは美結に生きてほしい」

「お母さん」

「まず、生きよう。生きて考えよう。病気を代わってあげることはできないけれど、一緒《いっしょ》に考えるから。美結が、本当に望むことは何なのか。それを叶《かな》えるために、何が必要なのか」

「私が本当に望むのは、足を残すことだよ」

「その先よ。その先に残された時間で、美結がしたいことは何なの」

「残された時間って、どういう意味」

「どういう意味か、美結だって本当は分かっているんじゃないの」

そう、本当はとうに分かっていた。

足を残せば、再発の危険があるということ。再発すれば、今以上の苦しみが待っていること。

生きられる命をけずって、それでも足を残したいのか。

それが、本当に私の望むことなのか。

私だって生きたい。でも、足を切断することと、生きることがイコールでつながらない。

「足を切った先にだって、やりたいことなんかない」

握《にぎ》られた手を乱暴に振《ふ》りはらった。

母を傷つけている後ろめたさと、母だって、もっと苦しめばいいという思いが混ざり合う。

「たしかに今、それを考えるのは難しいことだと思う」

大沼《おおぬま》先生が、うなずいてから言葉を続ける。

「今は、無理かもしれないけれど、それをみつけるための時間は、手に入れられる」

「右足を切らないで、短い時間を精一杯《せいいっぱい》生きる道もあります」

興奮で、声が震《ふる》えた。

「上原さんの言う精一杯って、どういう生き方なのかな」

「退院して、学校に行って、勉強して、おしゃべりして。ただ普通《ふつう》に、みんなと同じように毎日過ごしたい」

「できるようになるよ。失うものは大きいけれど、そこからまた、ひとつひとつ、積み上げていける」

そんなこと、誰《だれ》にも分からない。

「どんなに積み上げても、右足がなければ、みんなと同じじゃないでしょう」

「みんなと同じであることは、生きることより大切なことだろうか」

「先生が言いたいことは、分かってます。でも私は、両足がある普通《ふつう》の女子高生でいたい」

私の呼吸が落ち着くのを待って、先生がゆっくりと言った。

「それよりも、価値のある物が、きっとみつかります。

時間がかかっても、みんながサポートします。

ぼくらはね、病気を治すためだけに、いるのではないんですよ」

複雑に絡《から》まったあやとりの糸が、柔《やわ》らかな指先でゆっくり、ゆっくりほどかれていくような感じがした。

心が、動けるようになっていく。

「切断は、ベストなんですね」

本当はもう分かっていた。ただ、決めることができなかった。

「今は、希望が見えなくても」

みんなが力を与《あた》えてくれる。

「私は、みつけることができますか」

大沼《おおぬま》先生が力強くうなずく。

「先生」

大きく深呼吸をする。

「よろしくお願いします」

私は、右下肢大腿《かしだいたい》部切断手術をうける。

これが自分にとって、最善の選択《せんたく》だと信じる。

13

リハビリ室にいくと、神田さんと義肢《ぎし》装具士の片山《かたやま》さんが、話をしているところだった。

私は、二人の邪魔《じゃま》にならないように、窓際《まどぎわ》のイスへと向った。

すると、

「上原さん！」

大きな声が、リハビリ室に響《ひび》く。

ふり向くと、神田さんが笑顔で手招きをしている。

「そんな大きな声で呼ばないでよ」

少しふくれた顔をしてから、手招きに応じる。

「体調、よくなったのか」

「はい。今日からリハビリ再開です」

「そうか」

「神田さん。私、切断の手術を受けることに決めました」

「そうか、決めたか」

「はい」

「頑張《がんば》ったな」

コクンと、うなずく。

「よく頑張《がんば》った」

コクン……。

神田さんが、オロオロと何かを探しはじめる。

片山《かたやま》さんが、ポケットからティシューを出した。

私は、それを顔いっぱいに広げて、鼻をかんだ。

理学療法士《りょうほうし》の笹本《ささもと》さんが、ボックスティシューを手に走ってくる。

神田さんは、そこからいっぱい紙を引き出す。

自分の分と私の分、何度も何度も引き出した。


「上原さんって、ジーンズ切らないでしょ」

片山さんが、計測を始めるなりつぶやく。

「切ったことないです。レディースのデニムって短いから」

「いやいや、普通《ふつう》切るでしょ。ぼくなんか、もう一本ズボンが作れるくらい切るよ」

片山《かたやま》さんが、もう一度計測する。

「やっぱり長いな……」

首をかしげる。

「上原さんが立ちあがると、思っていたより背が高いから、前から違和《いわ》感あったんだよな」

「変ですか」

「こりゃ特注だな」

片山さんが、親指と人差し指で丸を作る。

「えっ、高いんですか」

「うそうそ、義足は全部特注。オーダーメードだから安心して」

「なぁんだ、びっくりした」

片山さんは、左足を細かく区切って、長さと太さを測って記録する。

「片山さん、私が切るの、右です」

「計測は、健康な方の足でするんだ。健康な左足の数値から、右の義足は作られるんだよ」

「切られる方の、サイズじゃないんですね」

「そう。ぼくが作るのは、健康な形の右足大腿《だいたい》義足なんだよ」

義足が、健康な足の形から作られる。それは私にとって、とても意外ですてきな発見だった。

「最初に作るのは、仮義足というものだよ。手術した部位が安定するまで、何度も調整しながら、リハビリを進めるための義足」

「いつ……。それは、いつできるんですか」

「うん。義足を作るためには、もうひとつ大事なことが残っている」

片山《かたやま》さんが私の目をみて、慎重《しんちょう》に話す。

「切断後、何日かしたら、右足断端《だんたん》部の型をとります」

断端部……。切断した先端の部分。そこは手術後にできる、私の新しい部分。

「傷の状態にもよるけれど、できるだけ早く型をとって、義足を完成させたいと思っています」

「どのくらいで、歩けるようになりますか」

「歩けるまでには、それなりに時間が必要だね。ただ、早くに義足をつけるのは、歩行以外の意味もあるんだ」

「見た目だけでも、足があるようにすることの意味ですか」

「そう。頭では、切断されていることが分かっていても、心が、それを受け入れるのは難しいことなんだ。義足は、心を支えるものでもあると思って作っている」

「足の代わりをするだけの、道具ではないんですね」

「義足をつけた時、それを実感してもらえると嬉《うれ》しいけどね」

片山《かたやま》さんは、優《やさ》しく微笑《ほほえ》んだ。

14

ひとつ、気になることがあった。

気にしては、いけないことなのかもしれない。

気にすることでは、ないのかも。

誰《だれ》も、このことには触《ふ》れない。

だけど、大事なことかもしれない。

「サクラさん、聞きたいことがあるんだけど」

「何？」

「切った足は、どうなるの」

「断端《だんたん》部の傷は、後ろ側にきれいに縫《ぬ》うようにするって。義足の準備も進んでるって聞いているわ」

「違《ちが》うの。取った方の足、どうなるの？」

「ああ、そっちは検査に出すのよ。骨肉腫《こつにくしゅ》の状態、抗《こう》がん剤《ざい》の効果、切断部位の状態とかを顕微鏡《けんびきょう》で確認するの」

「その後は？　検査の後、私の足どうなるの」

「検査センターで、きちんと処理してくれるから、心配ないわ」

「……」

「何か心配？」

「切り落とされた足は、死ぬのかな。私の一部が、死んでしまうってことなのかな」

「そんなふうに考えたことないなぁ。外科手術で取った胃とか、人工関節を入れるために切った骨を見て、生きていたとか、死んでいるという感覚はないし。命は人にあるもので、組織や部分をそう思って見たことはないけど」

「でも、触《さわ》ったり、動かしたりできる場所は違《ちが》うでしょう。手とか足とか」

「そうね、いつも意識している部位に対する想《おも》いは、死という言葉が近いのかなぁ」

「死と近い……」

「命あるものから、離《はな》れるっていうか……。言葉って難しいね」

サクラさんはメモ用紙を取り出して、人の形の絵を描《か》いた。

「これが上原さん。上原さん全体で命を『1』持っている」

絵を指さす。

「そして、右足を切断する」

右足の所に横線を引く。

「上原さんの命は、いくつになる？」

「1」

「私もそう思うわ。足の分だけ、命が減るわけじゃないよね」

「私は、足の分の命を受け取って、生きるってこと？」

「命を受け取って生きるか……。そうかもしれないわね」

突然《とつぜん》、大好きだった祖父の姿が浮《う》かんだ。

祖父のお葬式《そうしき》。棺《ひつぎ》の中に横たわる祖父は、穏《おだ》やかな顔をしていて、遺体に話しかけたり、手に触《ふ》れたりして通夜《つや》を過ごした。もちろん悲しみはあったけど、それよりも、すてきな思い出をたくさん残してくれた祖父への、感謝の気持ちの方が大きかった。

だけど……。

告別式が終わり火葬場《かそうば》につくと、私は声をあげて泣いた。燃やしてしまうと、祖父を本当になくしてしまうと思った。もう祖父は、亡《な》くなっていると分かっているのに、嗚咽《おえつ》がとまらなかった。

火葬《かそう》が終わって、遺骨となった祖父を見た時。心が静かになるのを感じた。

「別れの儀式《ぎしき》は、残された人のためにあるのね」

母が小さくつぶやいて、私を抱《だ》き寄せた。

私はあの時に初めて、祖父の死を受け入れられたのかもしれない。


「サクラさん。検査の後、足は返してもらえないの？」

「どうして」

「命を渡《わた》してくれた私の足に、きちんとお別れがしたい」

「切断した足を見るのは、気持ちのいいものじゃないわよ」

体から切り離《はな》された、単体の足を想像すると、確かにグロテスクに思えた。

けれど、それが十六年間、一緒《いっしょ》に生きた私の足なんだ。

「最後まで、送ってあげたい」

「先生に聞いてみるけど、上原さんも、お母さんと相談して決めるのよ」

「はい」

私はサクラさんが描《か》いた絵を、自分のノートに挟《はさ》み、大切にしまった。

「おじいちゃんの葬儀《そうぎ》の時のように、私の右足を最後まで送らせてほしい」

面会にきた母に言うと、驚《おどろ》いた目で私を凝視《ぎょうし》した。

「火葬場《かそうば》にいくってこと？　自分の足が焼かれるのよ、分かっているの？」

私は、コクンとうなずいた。

「想像すると怖《こわ》い気もする。だけどお母さん言ったよね。『別れの儀式は、残された人のためにある』って」

「おじいちゃんの時とは、状況《じょうきょう》が違《ちが》うでしょ。自分の切断した足を見るなんて、平気じゃいられないでしょ」

「でも、なくなってからじゃ取り返しがつかない。自分の右足がどうなったのか、どこにいったのか、一生確かめることはできない」

「そんなこと、知ってどうなるの」

「分からない。でも、ちゃんとお別れしないと、悲しみがずっと続くような気がする」

「でも、見たことによって、苦しむことだってあるのよ」

「悩《なや》んで、迷って、この答えにたどり着いたの。これが、正解なのか分からない。だけど、たとえ間違《まちが》っていたとしても、自分で確かめなければ、後悔《こうかい》する」

母は、大きくため息をついた。それから、しばらく考えこんでいた。

「美結《みゆ》、これから状況《じょうきょう》は、どんどん変わっていくわ。今決めたからって、そうしなければならないというわけじゃないのよ。気が変わったら、無理はしないでね」

母はどこかで、私の気が変わることを願っているようだった。


大沼《おおぬま》先生が、心配そうな顔で部屋に入ってきた。

「保存液に浸《ひた》すから、切断してすぐの状態とも違うんだよ。それでも大丈夫《だいじょうぶ》かい」

「覚悟《かくご》しておきます」

「じゃあ、検査の担当者に、丁寧《ていねい》に扱《あつか》うように言っておくよ」

「お願いします」

母が、先生に確認する。

「本当に、そんなことができるのですか？　大丈夫《だいじょうぶ》なんでしょうか」

「手続きとしては問題ないです。最終的には、その時の上原さんの状態と合わせて、考えていきましょう」

大沼《おおぬま》先生は落ち着いた声で、私と母両方が安心できる返答をした。


神田さんは、自分の手術の予定が決まった日、私のところにやってきて、

「動けるようになったら、最初にあんたの顔を見にいくからな」

と笑った。

ひとつずつ、準備が整っていく。

私の三回目の点滴《てんてき》の日は、神田さんの手術と同じ日。

その一週間後に、私の手術が予定されている。

15

ふと、佳奈《かな》の顔が見たくなった。

もう、病気のことは、知っているだろう。

今なら何も隠《かく》さないで、本当の自分で佳奈と笑える。

《佳奈　元気？　きっと病気のことも、聞いてるよね。もうすぐ手術することになったんだ。でも元気で入院してる（笑）。そういえば、私髪《かみ》切った！　結構似合っていると思うんだ。見にこない？》

送信。

まだ授業中の時間。

佳奈、メール見たかな。

放課後の時間になって、返信があった。

《美結《みゆ》　ごめん。期末赤点（汗）　また今度》

たぶんウソ。
《学校の話、聞きたかったな》
《ごめん》
《いつならこられる》
《ごめん》
《どうしても？》
返信は、なかった。
《無理言ってごめん》
最後のメールを送信した。

次の日、一時的にギプスを外せることになった。

「体重をかけたらだめだよ。体調が良ければ、介助《かいじょ》入浴ＯＫ」

大沼《おおぬま》先生の許可が出た。転ぶと危ないから、サクラさんが入浴の介助につくという。

「いっぱい垢《あか》が出るよ。洗いがいがあるわ」

Ｔシャツを着たサクラさんが、はりきって袖《そで》を肩《かた》までまくりあげる。

「ちょっと恥《は》ずかしいなぁ」

「タオル掛《か》けて入るから。お湯につかると気持ちよくて、恥ずかしさなんて吹《ふ》っ飛ぶよ」

サクラさんの肩を借りて、ゆっくりバスタブに入ると、温かいお湯に全身が包みこまれた。

「気持ちいい」

「でしょ」

サクラさんが勝ち誇《ほこ》った笑顔を見せる。

温まったところで、腕《うで》を軽くこすってみた。

「うわぁ。消しゴムみたい」

毎日、ちゃんとタオルで拭《ふ》いていたのに、お湯の力は絶大だ。

「いい具合にふやけたね。さあ、三助《さんすけ》登場」

「さんすけ？」

「お風呂《ふろ》で垢《あか》こする人。知らない？」

「しらなーい」

本当に、消しゴムになったかと思うぐらいだ。

「集めたら、ちっちゃい人間できそうね」

掛《か》けていたタオルも、恥《は》ずかしさもどこへやらだ。

背中を洗い終わったサクラさんが、ボディースポンジに新しい泡《あわ》を立てる。

「右足、自分でどうぞ」

私の手に、スポンジをのせた。

スポンジの泡で、右足を包む。

それから、両手を足先に伸《の》ばした。

「親指」

「人差し指」

一本ずつ、声をかける。

自分の手で、きれいにする。

「足の裏」

「踵《かかと》」

一緒《いっしょ》に歩いてきた。

「脛《すね》」

長い膝下《ひざした》、本当は自慢《じまん》だった。

「膝」

病気を知らせてくれた。

「もも」

私の右足はここまでになる。

もうじき、触《ふ》れることができなくなる。

もうじき、触れられることがなくなる。

シャワーの栓《せん》を最大に開いて、ザーザーと音を立てるお湯に頭を突《つ》っこんだ。

私は負けない。泣いてなんかいない。

「うぐっ……」

あふれてくる声を、ぐっとこらえた。

シャワーのお湯が止まって、後ろからタオルでふんわり包まれた。

「我慢《がまん》しなくていいのよ」

サクラさんの腕《うで》が、私を抱《だ》きしめる。

「わぁぁぁぁ」

声をあげて私は泣いた。小さな子がするように、ぼたぼたと涙《なみだ》をこぼして、大きく口を開けて泣いた。

サクラさんは、何も言わなかった。

ときどき、子どもをあやすようにトントンと背中をたたいて、涙がかわくまで一緒《いっしょ》にいてくれた。

16

神田さんの、手術の日。

朝早く、神田さんが病室に顔を出した。

「今日の午後、ひと足先にいってくるな」

「頑張《がんば》ってください」

「おれは、眠《ねむ》ってるだけ。頑張るのは先生だ」

神田さんの、笑えないオヤジギャグは、いつもと同じだ。ちょっと安心。

「今日、点滴《てんてき》の日だから手術にいくとき、見送れないね」

「だから今、きたんだ。元気が出るからな」

「神田さん、いつも元気じゃないですか」

「みんな言ってるんだぞ。あんたの声を聞くと元気が出るって」

「うそだぁ」

「本当さ、おれが証拠《しょうこ》だ。よし、元気もらったからいくわ」

神田さんが、部屋を出る。

頑張れ、神田さん。

「神田さんの手術、始まったかな」

化学療法《りょうほう》の点滴《てんてき》を調節しにきたサクラさんに、つぶやく。

「そろそろかしらね」

「次は、私の番だ」

「一週間後ね」

「緊張《きんちょう》する」

「怖《こわ》い？」

「少し」

「そう」

サクラさんにえくぼ。

「今、笑った？」

「だって『少し』なんでしょ」

「おかしい？」

「ううん。安心した」

サクラさんが、病室の窓を少し開けた。

かわいた夏の風が、入ってくる。

「この二カ月、いろんなことがあったもん」

「そうね」

「人生、ギューッと濃縮《のうしゅく》したみたい」

「それ以上だと思うよ」

「うん」

「上原さんに、いろいろ教わったなあ」

「えっ」

「これから、もっと教わるね、きっと」

去り際《ぎわ》のサクラさんが、つぶやいた。


最後の化学療法《りょうほう》が終了《しゅうりょう》した。

「血液検査の結果も問題ないし、体調もいいね。ここまで順調。手術は、予定通りできると思います」

大沼《おおぬま》先生から、あらためて切除部位、手術方法、術前術後の注意事項《じこう》の説明を受けた。麻酔《ますい》科の先生とも会って話を聞いた。

「手術中は、全身麻酔で眠《ねむ》ります。が、その前に背中から二種類の麻酔をします。ひとつは腰椎《ようつい》麻酔といって、下半身の麻酔です。もうひとつが硬膜外《こうまくがい》麻酔といって、細いチューブを入れたままにして、手術の間、麻酔の薬を注入します。そのチューブは、手術の後も残しておいて、痛み止めを入れるためにも使います」

先生は穏《おだ》やかな口調で、「痛くないようにしますよ」と言ってくれた。

ひとつずつ、準備が整っていく。

いよいよだ。本当にその日がくる。

17

手術当日の朝を迎《むか》えた。

早い時間から、父と母が病室にきていた。

「母さんから、話は聞いていたよ。美結《みゆ》が、自分で決心してくれたって。頑張《がんば》ったな」

父は、私の病気を知ってから、コーヒーをやめていると言った。朝、コーヒーだけは、手動のミルで挽《ひ》いて、自分で淹《い》れるほど好きだったのに。

「願掛《がんか》けとかじゃないぞ。退院した美結に、最初の一杯《いっぱい》を淹れてもらう。その時に、最高にうまいコーヒーを飲むためだ」

父が、病気の説明を受けるために、病院にきた日のことを思い出す。父なりの辛《つら》さを、隠《かく》していたのかもしれない。オロオロしていた母は、今、誰《だれ》よりも落ち着いて見える。

「まだ、車イスじゃなきゃだめです」

「いや、ここからはどうしても立っていく」

廊下《ろうか》から声が聞こえて、松葉杖《づえ》の神田さんがやってきた。

右足は切断したままで、まだ義足は着けていない。

「おれは元気だからな。頑張ってこいよ」

「私は眠《ねむ》っているだけ、頑張るのは先生でしょ」

「そうだったな」

笑う神田さんは、太った看護師さんに早々に退散させられた。

みんなの不器用な気遣《きづか》いが、今は嬉《うれ》しい。

手術前の点滴《てんてき》が始まる。

手術室に向う前に、緊張《きんちょう》を和《やわ》らげる注射を肩《かた》に打った。

少しだけ眠《ねむ》たくなる。

レースのカーテン越《ご》し、青い空に夏の雲が浮《う》かんでいた。

18

……さん、上原さん……、上原美結《みゆ》さん……。

遠くで呼ぶ声が、だんだん近くなる。

「上原さん、聞こえますか……」

肩を叩《たた》かれて目を開けると、ぼやけた視界の中に、大沼《おおぬま》先生の姿がみえた。

「上原さん、手術終わったからね。よく頑張《がんば》ったね」

マスクの下で、微笑《ほほえ》んでいるのが分かる。

私は、「ありがとうございます」と唇《くちびる》を動かして、また眠《ねむ》りに落ちた。


ピッ、ピッ、ピッ……。

心電図が刻む音、血圧を測るため、時間ごとに締《し》めつけられる腕《うで》。

その中で少しずつ目が覚めてくる。シーツの漂白剤《ひょうはくざい》の匂《にお》いが、病室に戻《もど》ってきたことを教えてくれた。

「上原さん、苦しい所ない？」

眠気が残る目を開くと、サクラさんの顔が見えた。

「麻酔《ますい》が、どこまで残っているか調べますね」

サクラさんが体を触《さわ》る。

「ここ、分かりますか？　チクチクってしているの分かる？」

胸、分かる。お腹《なか》、分かる。腰《こし》、分かる。左の太もも、左の脛《すね》……。

サクラさん……。右の足は？　ねえ、触って。

だって、そこにあるはずだから。おねがい……。

手術が終わったはずなのに、私の右足は、あるべき場所に存在していた。麻酔《ますい》で麻痺《まひ》していた感覚は、右足も、左足と一緒《いっしょ》に戻《もど》ってきた。上の方から順に、両足の指の先まで、はっきり分かるようになった。だけど右足だけが、動かそうとしても動かなくて、重くてだるくて……。

そこにあるのが動かない右足なのか、右足の亡霊《ぼうれい》なのか、知るのが怖《こわ》かった。できることなら、何も考えずに済むぐらい深く眠《ねむ》りたいと、ひと晩中願い続けた。

窓の外が、ゆっくり明るくなる。

昨日のこの時間、私には、間違《まちが》いなく右足があった。決心して、覚悟《かくご》を決めて、手術室に向ったはずだった。それなのに今、昨日までに起きたことすべてが、間違いであってほしいと、右足の感覚にすがっている。

病棟《びょうとう》が騒《さわ》がしくなって、いつもの日常が始まろうとしている。看護師さんの足音、入院患者《かんじゃ》さんの声、カタカタと鳴るワゴンのタイヤ。

何も変わっていないのに、私は右足をなくしてしまったのだろうか、本当に。

ワゴンの音がだんだんと近くなって、止まった。

静かにカーテンが開いて、大沼《おおぬま》先生と看護師さんが入ってきた。

「おはようございます、上原さん。傷の痛みはありますか？」

先生の言葉を、頭の中で繰《く》り返す。

キズノイタミハアリマスカ……。

小さく首を横に振《ふ》る。

「痛み止めも、効いているようですね。では、消毒をしますからね」

大沼先生の言葉を聞いて、看護師さんが掛《か》け布団《ぶとん》を、下の方からゆっくりと開けた。

左の足首が見えた瞬間《しゅんかん》、私はきつく目を閉じた。

ああ、やっぱり。

見えたのは、左の足だけだった。並んで存在するはずの右足は、そこになかった。

ガーゼが外され、右の太ももが、空気に触《ふ》れる。冷たい消毒液が、前側とも裏側とも判断できない部分をなめる。

私は目を閉じたまま、消毒が終わるまで、不可解な感触《かんしょく》に耐《た》えるしかなかった。

右足は切断された。

その事実を理解しようと、断端《だんたん》の感触を反芻《はんすう》し、右足の感覚を否定する。

しかし、否定しても否定しても、右足は姿を現し、重だるさや、痛み、かゆみを主張する。その度《たび》に私は、右足を失う経験を繰《く》り返さなければならない。

眠《ねむ》りの浅い夜と、うつろな昼が続いた。

いちにち、いちにち、時間は確実に過ぎていく。

毎日の消毒、ガーゼ交換《こうかん》。断端の内部に溜《た》まる血液を、傷の外に出すための管も抜《ぬ》かれた。経過は順調だという断端部。あてられるガーゼが、日ごとに薄《うす》くなる。

点滴《てんてき》をしていない時間帯には、松葉杖《づえ》歩行の許可もおりた。「どんどん動いていいからね」と言われたけれど、トイレ以外は、ベッドの中で過ごした。できることなら、布団《ふとん》から一歩も出たくなかった。ベッドを出れば、太ももの途中《とちゅう》で途切れた右足を、嫌《いや》でも見なければならない。そのうえ廊下《ろうか》に出れば、見知らぬ人たちに、不自然に視線を外される。

その視線は、すれ違《ちが》った途端《とたん》に、背後から再び私に向けられた。私は面会時間が終わるまで、水分も控《ひか》えて過ごした。

どうして私が、かくれるようにして、生きなければならないのだろう。何も悪いことはしていない。それとも、きれいな足の形を、密《ひそ》かに自慢《じまん》に思っていたことが、何かの怒《いか》りをかったのだろうか。

後悔《こうかい》しているわけではない。右足を切断して生きることを選んだのは、正しい選択《せんたく》だった。だけど、こんな思いをするなんて、切断前には想像しなかった。もっと割り切って、現実を受け入れられると思っていた。自分が強い人間だと、思いこんでいた。だめな自分に、自分の弱さに落ちこんだ。

心は、今でも切断を認めきれずにいた。けれど、それとは無関係に、右足は新しい形を受け入れていく。自分の肉体でさえ、私の苦しさに寄り添《そ》ってはくれない。すべてのものに、見捨てられているような気がしていた。

回診《かいしん》の時、大沼《おおぬま》先生がカルテを見ながら、「うんうん」とうなずいた。

先生は私の視界に、顔を移動させて、確認するみたいに言った。

「今日、予定通り全抜糸《ばっし》するからね」

私はそれに、ただ「はい」と返事をした。

「糸、抜《ぬ》いたら断端部《だんたんぶ》を見てみるかい」

そう聞かれて、また私は「はい」と答えた。見たいと思ったわけじゃない。どうしようかと考えるのも面倒《めんどう》だった。

パチッ、カン……。パチッ、カン。

糸を引っぱられる度《たび》、なまの痛みが走った。

「痛むかい？　もう少しだからね」

パチッ、カン。

「若いから、傷の治りも早いよね」

パチッ、カン。

「うん、きれいだね」

先生の独り言と、ハサミの音が交互《こうご》に聞こえる。

「終わったよ」

そう言うと先生は、私の背中をそっと起こした。

見えてきたのは、ただの肉の塊《かたまり》のようになった、太ももだった。

考えていたより短いかも……と思った。

それだけだった。他は何も感じなかった。

もう感じることを、やめていたのかもしれない。私は感じることにも、考えることにも疲《つか》れ果てていた。まるで、自分の肉体と距離《きょり》があるような感覚の中にいた。

19

抜糸《ばっし》から数日が過ぎた。

回診《かいしん》にきた大沼《おおぬま》先生が、断端《だんたん》部に触《ふ》れて状態を確認する。

「手術後のむくみもだいぶん落ち着いたね。そろそろ断端部の型をとってもいいでしょう。日程の調整がついたら、知らせるからね」

先生の言葉に、小さくうなずいた。

日程はすぐに決まり、Tシャツと、体にフィットする短パンか水着を準備するように言われた。そして、もうひとこと「汚《よご》れてしまうので、捨ててもいいような物でお願いします」と、加えられた。

母に頼《たの》んで、通学の時にスカートの中にはいていた「見せパン」を持ってきてもらった。

固まる粘土《ねんど》とかに足を入れて、型をとるのだろうと思っていたが、そんな簡単な事ではなさそうだった。

サクラさんと車イスでギプス室に入ると、片山《かたやま》さんが道具を並べて待っていた。

「上原さん、こんにちは。すこし時間がかかるけれど、体調は大丈夫《だいじょうぶ》ですか」

「はい、大丈夫です」

「今日は、上原さんの体に合ったソケットを作るために、断端《だんたん》部の型をとります」

片山さんの説明が続く。

「最初に細かい計測と、マーキングをします。その後にギプス包帯を使って、腰《こし》から断端までの型をとります」

かわいた石膏《せっこう》が浸《し》みこんだ布を、ロール状に巻いたものが、台の上に置いてある。

「その間、このバーにつかまって、二十分ぐらいは立っていてもらいます」

サクラさんに小さい声で「トイレ大丈夫《だいじょうぶ》？」と聞かれてうなずいた。

「正確な型をとるために、股関節《こかんせつ》、内股《うちまた》、臀部《でんぶ》などを触《さわ》ったり押《お》さえたりします。何かあったら言ってください。看護師さんも付いていますからね」

片山《かたやま》さんの言葉に、サクラさんがうなずいた。

計測が始まって、その意味が分かった。角度、長さ、太さの計測は右足の付け根から先《せん》端《たん》まで行われ、片山さんの手は、ありとあらゆる場所に触《ふ》れた。義足を作るための大事な工程だから、恥《は》ずかしいことじゃない、と自分に言い聞かせる。

「ギプス包帯を巻きはじめてから固まるまでは、時間との闘《たたか》いだからね」

片山さんは、ギプス包帯をお湯につけて軟《やわ》らかくすると、素早くそれを私の腰《こし》に巻きつける。さらに二本目、三本目の包帯を使って、ぐるぐると腰から断端の先まで、一気に巻き終えた。両手で全体を撫《な》でて、なじませると、

「押《お》さえます」

といって、内股《うちまた》の骨とお尻《しり》をグッと押さえた。

ここまできたらどうにでもなれ、という気持ちと同時に、自分の足は医療行為《いりょうこうい》として、なんの感情も持たずに触《ふ》れることができる「もの」になってしまったことを知った。

この先、私の足は誰《だれ》からも、愛《いと》おしい思いで触れられることは、ないのかもしれない。

自分でさえ、断端《だんたん》に触れる前には、「平気。どうってことない」と心の中でつぶやく。

そうしないと、自分の中の嫌悪《けんお》感に、つぶされそうになる。

それは、ぶにょぶにょしていて、弱々しい。この部分が右足に代わって、私を支えられるとは、とうてい思えなかった。

黙々《もくもく》と、型どりの作業を進める片山《かたやま》さん。熱を発して、硬《かた》くなっていくギプス。

こんな時に、どうしてだろう。

グラウンドで練習をする川崎君の姿が、浮《う》かんだ。

数日後、片山さんが仮義足を持ってきた。金属部品が見えたままの義足は、私の柔《やわ》らかな右足を補う物には、見えなかった。義足装着には、サクラさんと笹本《ささもと》さんが立ちあってくれる。

「ソケットの下の方にある栓《せん》を外してから、断端部《だんたん》を入れます」

片山《かたやま》さんが私の顔を見て説明する。サクラさんが、私に代わって、「はい」と返事をした。片山さんが、断端を深くソケットに入れる。

「痛い所や、あたりが強い所はない？　じゃあ、栓を閉めるからね」

あ！

断端がソケットに吸い寄せられる……。

ううん、そうじゃない。ソケットの方から、断端に吸着してくる感じがした。

傷が引きつって少し痛むけど、それよりも密着する一体感に胸が高鳴った。手術してから初めて全身に血液が巡《めぐ》ったような気がした。

私の表情を読みとって、片山さんが微笑《ほほえ》む。

「ちょっと引っぱってみるからね」

片山さんが力を加えると、断端部ではなく、股関節《こかんせつ》から引っぱられて驚《おどろ》いた。

「ここの栓《せん》は、注射器の先みたいなものなんだ」

そう言って、ポケットからプラスチックの注射器を出した。

「外側がソケット、ピストンが上原さんの断端《だんたん》。入れる時には先を開けておく」

ピストンを入れる。

「中まで入ったら、先端に栓をする」

注射器の先を指で押《お》さえて、ピストンを引く。

「断端とソケットに隙間《すきま》がなければ、引っぱられても抜《ぬ》けない」

片山《かたやま》さんに手渡《てわた》された注射器で、ピストンを押《お》したり引いたりしてみる。

隙間がなければ……。あの型どりは、こういうことだったんだ。

「支えますから、ゆっくり立ってみましょう」

笹本《ささもと》さんに支えられて、立ちあがってみた。片山さんは、いろいろな角度から確認してから、

「バランスもいい感じだね。膝《ひざ》の位置も計算通りぴったりだ」

とうなずいた。

「体重をかけるようになると、痛みが出るかもしれない。その時は我慢《がまん》しないで言ってください。慣れは必要だけれど無理は禁物。上原さんに合わせて義足は調整するからね」

その後、何度も着脱《ちゃくだつ》の練習をした。

栓《せん》を閉めると、断端《だんたん》はソケットの形に添《そ》って、密着する。

今、断端に触《さわ》る度《たび》に伝わってくるのは、弱々しさじゃなく、柔軟《じゅうなん》という強さ。

それと、私の体温だった。

「断端が成熟して、本義足を作る時には、うんと美人に作るからね」

片山《かたやま》さんは帰る時に、そんな約束を残していった。

午後、布団《ふとん》の中に義足を隠《かく》して、面会の母を待った。

母は、私を見るとすぐ、ふわっと表情を緩《ゆる》ませた。

「美結《みゆ》、今日は顔色がいいわね」

「お母さん、これ！」

がばっと、布団を開けた。

「うわ、すごい、すてき！」

母の目が丸くなる。興奮と嬉《うれ》しさがあふれだす。

「すてきだね、美結《みゆ》。よかったね」

私は、思いっ切りうなずいた。

母も私も、嬉しいという感情から、長い間遠ざかっていた。

骨折をした日から、ずっと失ってばかりだった私たちに、義足はやっと与《あた》えられたプラスだった。

20

なんとか、自分で義足を装着できるようになると、車イスでの外出許可が出た。

その日、母はもう一度私に言った。

「無理はしないでね」

午後、病室に小さな棺《ひつぎ》が届いた。

父が用意してくれた、淡《あわ》い水色の棺。

小さい時に好きだった色だ。

大沼《おおぬま》先生とサクラさんが、ダンボール箱をワゴンにのせて運んできた。

ベッドに座って、箱の中の梱包《こんぽう》を開くと、そこに右脚《みぎあし》が入っていた。

グレーがかったベージュの皮膚《ひふ》が、蠟《ろう》細工のよう。本当に、これが私の脚なのだろうか。

膝《ひざ》から上には、きれいに包帯が巻かれている。

「必要な検査は、全部後ろの方からしてくれたんだ。その痕《あと》も、きれいに縫合《ほうごう》してあるからね」

右脚に触《ふ》れてみる。

親指、人差し指、中指……、脛《すね》、膝。

硬《かた》く冷たい脚。

触れているのに、触られていない。その感覚を確かめた。

「この傷痕……」

私は、脛にある小さな傷痕を人差し指で撫《な》でた。

「お母さん、この傷覚えてる？」

「覚えているわよ。お父さんと自転車の練習をして、ケガをした時の傷ね」

「うん。お父さん泣いてる私を抱《だ》きかかえて、慌《あわ》てて病院に連れて行ってくれた」

「お医者さんから、『この傷は一生残るかもしれないよ』って言われて、お父さん美結《みゆ》に何度も謝《あやま》っていたわね」

「私、この傷痕《きずあと》を見る度《たび》、あの時のお父さんの顔を思い出してた。一生残るって、言われたのに……」

胸の奥《おく》がぎゅっとなった。ここにあるのは、間違《まちが》いなく私の右脚《みぎあし》だ。何度もまばたきして、涙《なみだ》がこぼれないようにこらえた。

納棺《のうかん》は母と二人でした。

真っ白なサテンの上の脚は、一段と冷たい色に見えた。

母が、バッグからポーチを出した。

「美結、お化粧《けしょう》しようか」

「脚にお化粧？」

母がポーチを開けて、化粧品を出す。

下地クリームを伸《の》ばし、ファンデーションをかさねていく。

それから、チークをブラシに含《ふく》ませ、脚《あし》全体にうすくのせた。

「美結《みゆ》、これ塗《ぬ》ってあげて」

淡《あわ》いピンク色の、マニキュアビンを手渡《てわた》された。

「うん」

親指、人差し指……。ひとつずつペディキュアを塗る。

爪先《つまさき》に、五枚の花びらを添《そ》えるように。

塗り終えると、脚に体温が戻《もど》ったように見えた。

「命をありがとう」

棺《ひつぎ》の中にブーケと、サクラさんが描《か》いてくれた絵を入れる。

「まるで、ちいさな葬儀《そうぎ》ね」

そう。失ったことを受けいれるための儀式。

「脚葬《きゃくそう》。私の脚の葬儀……」

もう一度、脚に触《ふ》れて、目を閉じる。

（私、生きるから……）

そして、そっと棺《ひつぎ》の蓋《ふた》をしめた。

「もうそろそろ、お父さんがくる時間ね」

母に言われて、車イスへ移動を始める。

義足を着けるようになってから、幾日《いくにち》か経《た》っていたが、まだ上手に動かせなくて、膝下《ひざした》はぶら下がっている感じ。何をするにも時間がかかる。なんとか車イスに座って、義足は手で持ち上げてステップにのせた。

大沼《おおぬま》先生が、棺をワゴンに移し、その上から白いバスタオルをかけた。

父は、直接空港からレンタカーでくることになっている。

《病院に到着《とうちゃく》》

父からのメールが届いた。

サクラさんが車イスを押《お》し、大沼先生はワゴンを運んだ。母が荷物を抱《かか》え後ろから付いてくる。

エレベーターで一階に降りると、車イスは、外来患者《かんじゃ》がいるロビーを避《さ》け、救急玄関《げんかん》へと向った。

父は、そこで待っていた。

ふたことみこと、父と大沼《おおぬま》先生は言葉を交《か》わし、棺《ひつぎ》を車にのせた。

私は、母の手を借りて助手席に座った。

父がエンジンをかけ、車はゆっくり動き出した。

「お父さん」

運転する横顔に、話しかける。

「右脚《みぎあし》の脛《すね》に、傷痕《きずあと》があった」

「そうか」

父の声が震《ふる》える。

「もうあの傷痕は、見られないのか」

父は前を向いたまま、そうつぶやいた。

冷房《れいぼう》が効いた車の外で、ゆらゆらと陽炎《かげろう》が揺《ゆ》れた。

火葬場《かそうば》は駐車場《ちゅうしゃじょう》にまで、焼香《しょうこう》の匂《にお》いが染みついている。

中に入ると、係の人が小さな棺《ひつぎ》に、「おやっ」という顔をした。

母が書類を渡《わた》すと、私の方を見て静かに頭を下げた。

マキシ丈《たけ》のスカートから、義足にはかせた靴《くつ》が見える。

「右脚《みぎあし》ですね」

平静を装《よそお》っているのか、それとも、こういうことにも慣れているのだろうか。

係の人は落ち着いた声で、棺を受けとった。

小さな棺は、大きな台にちょこんとのせられて、鉄の扉《とびら》の奥《おく》に入っていった。

「火葬が終わりましたら、お呼びいたします」

係の人が、きれいな姿勢で頭を下げた。

火葬場の雰囲気《ふんいき》は独特だ。火葬の前は悲しみに打ちひしがれていた家族が、火葬が始まると、普通《ふつう》に食事をとる。

祖父を送る時もそうだった。あんなに悲しかったはずなのに、私はすごくお腹《なか》がすいて出されたお弁当をぺろりと食べた。

待合室には、悲しみと安堵《あんど》が同居している。

誰《だれ》もが黒い礼服を着て、声を低くしている。

ここでは、ただの地味な服装でいる私たちが、異色で不釣《ふつ》り合いな存在に思えた。

父と母は、ロビーのすみにあるソファーに腰《こし》を下ろした。私はその横で、目を閉じて車イスに座っていた。

その時、右脚《みぎあし》に、じりじりと焼けるような痛みを感じた。私には、それが右脚の最後の感覚のように思えた。

そして、この痛みを感じることが、私が右脚にしてあげられる、最後のことのような気がした。


お骨上《こつあ》げの準備が整いましたと連絡《れんらく》があり、指示された場所に向った。

私の右脚は、白い骨だけになって、台の上にあった。

ピキッ……。

熱を持った骨が、ときどきかわいた音で鳴く。

小さな骨壺《こつつぼ》が用意されて、中に入れるために、脚《あし》の骨が砕《くだ》かれる。脛《すね》の骨は骨肉腫《こつにくしゅ》でもろくなっていたのか、砕く前からばらばらになっていた。

私、父、母の順に骨を拾って骨壺に入れた。指の骨は、小さな小さな粒《つぶ》。丸だったり、三角だったり。骨壺の中に入れる度《たび》に、カランと音がした。

骨上げが終わると、母は私をそっと抱《だ》き寄せた。

父の手の上に、骨壺が納まる。

私の右脚は、肉体を失ってしまった。

もう、どこにもない。

失ったものが、どこにもないということが、どこかで安堵《あんど》につながっている気がした。

ふり返っても、どうにもならないという事実が、諦《あきら》めて前を向けと背中を押《お》す。

今、私は右脚を完全に失った。

そして、右脚がない自分を手に入れた。

21

義足での訓練は、化学療法《りょうほう》や体調の変化で、たびたび中断し、思ったように進まなかった。それでも、松葉杖《づえ》があれば、安定して立つことができるようになったので、車イスへの移動はスムーズになった。

車イスを動かして、売店に行くこともできるし、母に車イスを押《お》され、散歩することもあった。

九月中旬《ちゅうじゅん》になったというのに、今年は残暑が続いていた。それでも日が沈《しず》むと、涼《すず》しい風が吹《ふ》き、季節が確実に変わっていることを告げる。

化学療法の後は、食欲がなくなって体重が減る。食欲が回復すれば体重も戻《もど》る。その度《たび》断端《だんたん》部の太さも変化して、義足のソケットが合わなくなる。断端部が痩《や》せて緩《ゆる》みが出ると、抜《ぬ》け落ちそうな不安感があって、歩行練習をする気にならなかった。断端用のソックスを重ねたり、クッション材を入れたり、調整ばかりで訓練が進まなくて、焦《あせ》る気持ちが大きくなる。

それに、ときどき寂《さび》しくてたまらなくなった。

布団《ふとん》の中で足先が冷たいと感じた時、お互《たが》いの冷たさを確認し合いたくて、左足は相方を探して空を切った。小さいころから、眠《ねむ》れない夜は、右足で左足の甲《こう》をさする癖《くせ》があった。そうしていると、なんだか安心して、いつの間にか眠っていた。もう、それもできない。私が、左足をひとりぼっちにしてしまった。これから、どうやったら温めてあげられるのだろう。どうしたらぐっすり眠れるのだろう。

右脚《みぎあし》を切らないでいたら……と考えることもあった。

心のどこかに、いつも苛立《いらだ》ちがあって、自己嫌悪《けんお》を覚えた。

佳奈《かな》からのメールが届いたのは、そんな時のことだった。


《美結《みゆ》　ずっとメールしないでごめんね。

今日は、伝えたいことがあって。昨日の地区大会で川崎君がピッチに立ちました！

後半残り十分、スタメンのキーパーにイエローカードが出て交替《こうたい》。なんと、ＰＫを止める大活躍《かつやく》！　そのまま一点を守り抜《ぬ》き、我《わ》が校サッカー部は、今年も全道大会出場を決めました。

川崎の雄姿《ゆうし》、美結《みゆ》に見せたかったよ！

本当は、何度もメールしようと思っていたんだ。だけど、病気のこと聞いてから、なんてメールしていいか分からなくて。

ずっとメールするきっかけがほしかった。川崎に感謝（笑）。

手術の事も聞いたよ。もう痛くない？　顔見に行っていい？》

顔見に行っていい？　このひとことを打つまで、佳奈《かな》もいっぱい悩《なや》んだんだろうな。あの最後のメールから、ずっと気にしてくれていたんだろう。

返信。

《佳奈　メールありがとう。私も川崎君に感謝。いつでもお見舞《みま》いにきて！

足を切ったけど、というより足を切ったから元気です！

新しいマンガも忘れないで！（笑）》

私は今も、友だちとつながっている。


私は目を閉じて、ピッチに向う川崎君の姿を思い描《えが》く。

川崎君が控《ひか》えていたから、キーパーはファウル覚悟《かくご》で、一点を守りにいけたのだろう。

イエローカードでピッチを下りる時も、信頼《しんらい》して後を任せたと思う。そして川崎君は、その信頼に応えた。

控えキーパーの誇《ほこ》り。信頼して後を任せられる存在で、あり続けるための努力。

彼《かれ》はこれからも、それを続けていくだろう。

川崎君の誇りが、力を与《あた》えてくれるような気がした。

私も……。

信頼に応えるために、努力し続けよう。

悩《なや》んで、苦しんで、生きることを選択《せんたく》した自分に。

いつか、「右脚《みぎあし》のない生き方に誇《ほこ》りを持っている」と。

ちょっとカッコつけて、笑顔で言えるようになりたい。

22

「とうとう降ってきたな」

神田さんの声に、リハビリ室の窓をみる。

「初雪だ。結構降ってる」

見る見るうちに、窓の外が白く煙《けむ》る。

「積《つ》もりそうだな」

「明日《あした》、大丈夫《だいじょうぶ》かなあ」

「退院日に銀世界。縁起《えんぎ》がいいさ」

神田さんは、義足での安定歩行ができるようになり、明日退院をする。

「縁起《えんぎ》いいの？　滑《すべ》って危ないよ」

「雪は白星につながるっていって、幸運を意味するんだ」

「白星か……。私は負けてばっかだ」

両松葉杖《づえ》での歩行から、なかなか次のステップに進めない。

長く正座をして、感覚をなくした足みたいだ。断端《だんたん》にぶら下がった義足は、ちっとも思い通りに動いてくれない。

歩行の時、義足の膝《ひざ》を伸《の》ばしきれなくて、ときどき膝カックンになるから、体重をかけるのが怖《こわ》い。

「コツをつかむまでが大変だからな。自転車と同じだ、一度乗れたら後は転ばない」

「言うは易《やす》しだよ」

「上原ちゃん、言うことが昭和だな」

私の呼び名は、あんたから、上原さんになって、とうとう上原ちゃんになった。

「大人の悪影響《あくえいきょう》だ」

「あはは、そりゃ悪かった」

「神田さん、退院してからも相談とかのってくれる？　私のメアド教えるから」

「メールか。そういうの苦手なんだよ、悪いな」

体《てい》のいい断りゼリフ。そうだよね、退院したら関係ないよね……。

「手紙、出していいか」

「手紙？」

「おれの住所……。あれ、書く物ないなぁ。まあいいおれから書くわ」

「私の住所、知らないでしょ」

「まだ病院にいるべや」

「病院に手紙届くの？」

「今時の入院生活にゃ、ロマンチックってもんがなくていけねぇな」

父が好きな、フーテンの寅《とら》さんみたいな言葉を置き土産《みやげ》に、神田さんは退院した。

数日後に届いた葉書には、神田さんが受診《じゅしん》する予定の日と、その時に顔を見に行くということが書いてあった。

それに、もう一文。

〈真っ白い雪景色を見ると、上原ちゃんの澄《す》んだ声を思い出す〉

その文字は、思っていた以上というよりも、かなりの達筆。

「イメージと違《ちが》いすぎ！」

サクラさんにも見せてあげる。

「ほんと、びっくり」

二人で笑った。

神田さんは、本当に謎《なぞ》の人だ。

返事を書かなきゃ。

この達筆に、丸文字で返すのは気が引けるけど。

引き出しを開けて、書く物を探す。

「便箋《びんせん》とかあったかなあ……」

引き出しの奥《おく》を探していると、茶色い封筒《ふうとう》が見えた。

「あっ」

確定診断《しんだん》が出る前、佳奈《かな》が届けてくれた封筒《ふうとう》だ。

「これ、残ってたんだ……」

右足を切断しなければならないと言われた日、父に向って投げつけた封筒。

中から、皺《しわ》だらけの原稿《げんこう》を取り出した。

読んでみると、原稿を書いた時の思いが、よみがえって胸が熱くなる。

だけど、今ならもっと伝えられることがある。

そして、川崎君に伝えたいことも……。

「もう一度、川崎君に取材を依頼《いらい》しよう。そして新しい原稿を書く」

それを、私の声で届けたい。

大きく深呼吸をして、スイッチを入れる。

私は、まだ何も書かれていない、原稿用紙の皺を伸《の》ばした。

23

神田様
お便り届きました。お元気ですか。
私、リハビリ頑張《がんば》っています。
それと、ずっと休んでいた発声練習を始めました。
病気で出場できなかった「放送コンテスト」に、もう一度挑戦《ちょうせん》します。
前よりもっといい声で、通院の神田さんを待っています。

上原　美結《みゆ》

青空に桜の花。季節外れのポストカードに、私の決意を詰《つ》めこんだ。
投函《とうかん》口で手を放す。
コトン。

ポストは小さな音をたてて、春のカードをうけとめた。

千葉朋代 ちば・ともよ

北海道生まれ。定時制高校に通いながら、
准看護師免許取得。
網走高等看護学院卒業後、看護師として各科勤務。
「季節風」「黄色いコスモス」同人。北海道在住。
本作で第14回日本児童文学者協会・
長編児童文学新人賞入選。

Sunnyside Books

さくら坂

2016年6月27日 第1刷発行
2017年6月15日 第2刷発行

作者　千葉朋代

発行者　小峰紀雄
発行所　株式会社 小峰書店
〒162-0066
東京都新宿区市谷台町4-15
電話 03-3357-3521
FAX 03-3357-1027
http://www.komineshoten.co.jp/
印刷　株式会社 三秀舎
製本　小高製本工業株式会社

NDC 913　152P　20cm
ISBN978-4-338-28709-8